侏儒的話

侏儒の言葉

芥川龍之介
あくたがわりゅうのすけ
Akutagawa Ryūnosuke

銀色快手 譯

目次

輯一　百態

輯二　無常

輯三　人生

輯一 百態

我是在想這些煙火，
我們的生命不也像煙火一般絢麗而短暫。

舞會

一

時間是明治十九年十一月三日的夜晚。年方十七的大小姐明子陪同已然禿頭的父親，正要踏上今晚舉行舞會的鹿鳴館階梯。煤油燈明晃晃的光線照耀下，寬幅的階梯兩側，擺上盛開的大朵菊花，宛如人造花一般的豐盈，形成重重疊疊的三道花叢。最內側的菊花是淡紅色，中間呈現深黃色，最外面則是純白的花瓣，如流蘇般繚亂，彼此爭妍鬥豔。沿著菊花籬走過去，階梯的盡頭就是舞會的大廳。此刻活潑輕快的管弦樂聲從大廳傳來，優美的旋律像是情不自禁幸福的吐息一般，不間斷地洋溢著歡快。

明子曾接受過法語與舞蹈的教育。不過，參加正式的舞會，倒是生平頭一遭。今夜在馬車裡，面對著不斷與她交談的父親，她漫不經心地應答著，在她的內心深處，混雜著愉悅與不安的情緒，始終無法靜下來，好幾次她抬起頭來，不自覺地注視著窗外東京街頭稀疏的燈火一閃而逝。

但是，一走進鹿鳴館，圍繞在身旁新奇的事物，很快地讓她忘卻了所有的不安。走到階梯大約中間的位置，兩人想要搶先一步追上前面的那位中國高官，於是，這位高官一邊挪開他肥胖的身軀，一邊注視著通過身旁的父女倆。當他的視線落在明子身上，眼見她身穿一襲嬌艷的玫瑰色舞衣，姣好的頸子繫著一朵淺藍色的蝴蝶結，濃密的黑髮插著一朵玫瑰花，這位蓄著長辮子的中國高官幾乎是目不轉睛，癡傻地凝望著她，恨不得將眼前文明開化後日本少女美麗的形象，毫無遺憾地深深烙印在心底。隨後，又有一位身穿燕尾禮服的年輕日本男子，匆忙地步下階梯，正當他與父女倆擦身而過的瞬間，幾乎是反射性的動作，他回頭看了一眼，被明子的背影給迷住了，然後似乎想起了什麼似的，稍微調整了一下白色的領巾，繼續朝著菊花爭豔的大門口匆匆離去。

當父女二人走上階梯，來到二樓的大廳入口處，這時蓄著半白髮鬍，胸前佩帶幾枚勳章的伯爵，與路易十五時代裝扮的伯爵夫人，正站在那裡殷切地招呼著現場的來賓們。伯爵在看到明子的那一刻，那張老謀深算的臉，突然閃現一抹驚訝的神色，這細微的表情變化，也沒逃過明子的眼睛。為人隨和的父親面帶笑容地寒暄了幾句，簡短地把女兒介紹給伯爵夫婦時，明子感到既羞怯又得意。不過，她也同時留意到傲慢的伯爵夫人臉上帶著一絲輕蔑，夾雜著嫉妒與不安的複雜表情。

舞池所在的大廳裡，所到之處都是繚亂盛放的菊花。四處可見穿著鑲著蕾絲邊的婦女們，頭上插著鮮花，手裡搖著象牙摺扇，等待男士前來邀舞。清爽的香水氣息，隨著扇子的搖動，如無聲的波浪，擴散到舞池裡的各個角落。明子離開父親身旁，加入舞會盛妝的行列。而同齡的少女們，也都穿著淺藍色或玫瑰色的舞衣。她們一看到明子走過來，立刻就像一群小鳥嘰嘰喳喳的，異口同聲地讚美著明子今晚明豔動人的打扮。

然而，她才剛加入同伴，立刻就有一位陌生的年輕法國海軍軍官，不知從何處靜靜地走了過來，他雙手作揖，以日式的禮儀優雅地向明子打招呼。明子頓時感到一股熱血湧上來，意識到嫣紅的羞澀飛上臉頰，她明白對方這樣的舉動意味著什麼，所以她轉過頭看著身邊穿著淺藍色舞衣的少女，準備把手裡的扇子遞給對方，於此同時，意外地這位法國海軍軍官臉上浮現出微笑，並以帶著法語腔的日語，明確地對她說：

「和我一起跳舞好嗎？」

於是，明子就和這位法國海軍軍官，在悠揚的〈藍色多瑙河〉的旋律中跳著華爾滋。軍官的臉龐因為長年在海上，被曬成健康的古銅色，他的五官鮮明而立體，蓄著短髭，相當有男子氣概。明子將戴著長手套的手搭在對方穿著軍服的左肩上，這才發現自己的個子太矮了。不過對方似乎早已熟悉這種情況，動作輕巧地帶領著明子在舞池內穿梭自如，同時不停用法語在她耳邊說著恭維她的話。

明子聽到對方的溢美之辭，報以羞赧的微笑，她不時環顧舞池四周，在印有皇室徽章的紫色縐綢帷幔，與繡著張爪蒼龍的大清帝國國旗下，一瓶瓶菊花隨著起伏的人海，時而顯出輕快的銀色，或是透出陰鬱的金色。而起伏的人海就像香檳一樣湧過來，花影搖曳般在德國的管弦樂演奏聲中，教人目眩神迷，興奮得難以自持。明子的目光與不遠處一位正在跳舞的女性友人對上了眼，兩人在忙不迭地舞步中頷首，彼此交換了微笑。就在這一瞬間，另一對舞伴，像狂飛的大蛾，不知從哪兒冒了出來，忽然出現在她的眼前。

但明子也察覺到，法國海軍軍官的眼神一直注意著自己的一舉一動，顯而易見地，這位對日本並不熟悉的外國人，對於正在快樂舞蹈的日本少女產生濃厚的興趣。眼前這位美麗的少女，是否也像是日本人偶般住在紙和竹子做的房子裡？是否也使用著細金屬筷子在描著青花的瓷碗中夾著米粒進食？他的眼神帶著討人喜歡的笑意，又不時閃現這樣的疑問，明子對於他的反應，覺得既好笑又得意，每當對方好奇的視線投注在自己的腳下時，她那雙奢華的玫瑰色舞鞋，就在平滑的地板上更加輕快地展現出曼妙的舞姿。

沒過多久，法國海軍軍官發現像小貓一樣的明子看上去似乎很疲累，他立刻以憐愛的眼神望向她，體貼地問道：

「還想繼續跳嗎？」

「Non, merci.」（不了，謝謝。）

明子一邊喘著氣，一邊清楚地回答他。

於是，法國海軍軍官繼續以華爾滋的舞步，領著她穿過一簇簇晃動著的蕾絲裙襬和菊花的波浪，緩緩朝向牆壁邊盛著菊花的花瓶處移動，最後又輕輕地轉了一圈，帥氣地將明子安頓在那兒的椅子上，自個兒挺了挺軍服下的胸膛，接著又跟剛才一樣以日本禮節向明子作揖道謝。

後來，他們又跳了幾支波爾卡和馬祖卡舞，明子手挽著法國海軍軍官的手腕，穿過由白、黃、紅形成的三道菊花叢，來到樓下一間較為寬敞的房間。

在那裡，燕尾服和白色香肩不斷地穿梭其間，幾張餐桌上擺放著銀器與玻璃器皿，有的裝滿了肉片與松露，有的裝著三明治和冰淇淋，還有堆得像塔一樣的一盤盤柘榴與無花果。尤其是尚未被菊花淹沒，房間的一面牆上，嵌著金色的層架宛如蜂巢一般，上面爬滿了精緻的人造葡萄藤蔓，青綠色的葉片之間，還披垂著一串串紫紅色葡萄。明子在這金色層架旁，遇見正在抽著雪茄的禿頭父親，和一群差不多同輩分的紳士並坐在一起聊天。父親一看見明子，滿足地點了點頭，又轉過身去與友人交談，繼續抽著他的雪茄。

法國海軍軍官領著明子走近一張餐桌前，同時拿起勺子舀起冰淇淋，她察覺到對方的目光不斷地在她的手，她的髮以及繫著淺藍色蝴蝶結的頸間來回逡巡。當然對明子來說並沒有任何不愉快的感覺，不過，剎那間一種女性特有的猜疑不由自主地從心中閃過。因此，當兩位身穿黑色天鵝絨晚禮服，胸前佩帶紅色山茶花的德國女人經過他們倆身旁時，明子為了暗示心中的猜疑，便刻意感嘆地說道：

「西洋女人看上去真美啊。」

海軍軍官聽到這句話，出乎意料地認真搖了搖頭。

「日本女人才美。特別是像妳這樣的──」

「哪兒的話。」

「不，我說的絕非客套話。像妳這麼美麗的女人，絕對有資格參加巴黎上流社會的舞會。只要妳出場，全部的人都會為之驚豔。因為妳長得就像是安東尼華鐸畫中的清秀佳人。」

明子不曉得華鐸是何許人也？可是海軍軍官的這番話倒是喚起了她過去美麗的遐想——幽暗森林中的噴水池，即將凋謝的玫瑰花……然而，一瞬間所有的幻影全都消失得無影無蹤。比一般人感官敏銳的她，不會忘記抓住這僅有的話題，她一邊用小匙子攪動手裡的冰淇淋，一邊說著：

「有希望的話，我也好想參加巴黎的舞會。」

「其實，巴黎的舞會和這裡幾乎完全一樣。」

海軍軍官一面說著，一面環視圍繞著餐桌四周的人海與菊花，在他的眼底出現了諷刺般的微笑，他停止小匙子攪拌冰淇淋的動作，自顧自地說著：

「不只是巴黎，任何地方的舞會都差不多。」

一小時之後，明子和法國海軍軍官手挽著手，和眾多日本人和外國人一起，佇足在舞池外星月朗照的露台上。

隔著一道欄杆的露台對面，寬闊的庭園種植著一片針葉林，枝葉靜靜交錯，樹梢上的小紅燈籠隱隱透出點點的光亮。四周冰冷的空氣底層，從下方庭園散發出的青苔和落葉的氣息，微微地飄蕩著一絲寂寥的秋意。然而，就在他們身後的舞池裡，依舊是那些蕾絲花邊與花海，在印著皇室家徽十六瓣菊花的紫縐綢帷幔下，仍有許多舞步晃動不停的人影。而高亢的管弦樂，宛如旋風一般，依舊在起伏的人海上方無情地揮舞著鞭子。

不用說，露台上不絕於耳熱鬧的談笑聲，在夜氛中擴散開來，尤其當陰暗的針葉樹上空迸發出美麗的花火時，幾乎所有的人都不約而同地發出驚呼聲。夾雜在人群之中的明子，和相識的少女們一派輕鬆地交談著不同的話題。她忽然察覺到法國海軍軍官仍舊讓她挽著自己的手臂，默然地注視著庭園上方星光燦爛的夜空，眼中好似流露出無限的鄉愁。

這時，明子悄悄地從下方窺看他的臉，半是撒嬌地試探問道：

「你在想念你的家鄉對吧。」

於是，海軍軍官依舊用他含笑的眼神，安靜地轉身注視著明子，他只是孩子氣地搖了搖頭，來代替說一聲「NO」。

「可是你看起來好像有些心事呀。」

「那妳不妨猜猜看我在想些什麼。」

那時露台上聚集的人群之中，傳出一陣呼嘯般的嘈雜聲，明子和海軍軍官似乎很有默契地停止了談話，不約而同眺望著庭園針葉樹上方的夜空，恰好五彩繽紛的煙火，呈放射狀地向四面八方散開，逐漸消失在夜空中。明子不禁覺得那花火美得竟有點淒涼，令人感到哀傷。

「我是在想這些煙火，我們的生命不也像煙火一般絢麗而短暫。」

法國海軍軍官溫柔地凝望著明子的臉好一會兒，呢喃似地說出這句話。

二

大正七年的秋天，當年的明子前往位於鎌倉別墅途中，在火車上偶然遇見一位之前曾有一面之緣的年輕小說家。這位年輕人那時把原本要送給鎌倉友人的一束菊花放在行李架上。當年的明子——也就是現在的H老夫人，告訴他說，每次見到菊花就會想起許多美好的回憶，於是把當年參加鹿鳴館舞會的情況仔細地說給他聽。

這位年輕人津津有味地聽著老夫人親口講述她的回憶，似乎對這個故事很感興趣。

等H老夫人說完她的故事後，青年不經意地問了老夫人一句：

「夫人，妳知道那位法國海軍軍官的名字嗎？」

於是H老夫人不假思索地回答：

「當然知道啊。他的名字叫做 Julien Viaud。」

「那麼他一定是 Loti。就是寫那個《菊子夫人》的作家 Pierre Loti[1]。」

年輕人顯得相當興奮，但H老夫人滿臉疑惑地看著年輕人的臉，好幾次低聲地說道：

「不，他不叫 Loti。他的名字是 Julien Viaud。」

---

1 皮耶・羅迪（一八五〇—一九二三），本名朱利安・維奧，法國小說家與海軍軍官。他於海軍服役時，曾到過亞洲，作品極富異國情調。

戲作三昧

一

那是天保三年九月的一個上午。位於神田同朋町的澡堂松之湯，前來泡澡的客人一如往常般絡繹不絕。式亭三馬幾年前出版的滑稽本裡所描述的「神祇、釋教、戀情、無常，人間百態盡在澡堂中」的光景，至今依然沒有改變。浴池裡，梳著嘸髻的男子，正在哼唱著民謠；梳著本多髻的男子剛洗好澡，在脫衣處擰他的毛巾；有著圓額頭，梳著大銀杏髻的男子正在沖洗他滿是刺青的後背；梳著由兵衛奴髻的男子，從剛才就一個勁地在洗臉；蹲在水槽前的光頭佬在那邊沖水沖個不停，還有一位專心致志玩著竹桶和陶器金魚的小男孩。——在一片霧茫茫的蒸氣與從窗口照進來的晨光中，模糊可見形形色色的人影，在狹窄的沖澡處蠕動著，濕漉漉的身上映著柔和的反光。浴池裡熱鬧非凡，首先是潑水聲與木桶相互碰撞所發出的聲響，其次是交談聲和哼唱小調的歌聲，最後則是櫃台傳來敲木梆子的聲音。因此，入口處的柘榴口內外，全都像是戰場般一樣嘈雜。再加上掀開暖簾，走進來兜售物品的商人，要錢的乞丐也來了，當然還有前來泡澡的客人更是不斷地進進出出。

在那人群雜沓之中，有位年約六旬的老人，安靜地窩在角落裡洗去身上塵垢。他差不多六十多歲了，鬢毛難看地泛黃，眼睛似乎也有些毛病，削瘦的身子骨卻意外結實，甚至可以說是精壯，雖然手腳皮膚早已鬆弛，仍具有與老年對抗的潛質。他的臉也一樣，下顎骨挺寬的臉頰和略大的嘴巴周圍，呈現如動物般旺盛的精力，氣勢懾人的神采，幾乎和壯年時期沒什麼分別。

老人仔仔細細地刷洗上半身，也不用木桶澆一澆水，就洗起下半身來了。但是，不管用黑色甲斐絹來回搓洗多少遍，他那乾巴巴、滿是細碎皺紋的皮膚裡，也搓不出個像樣的汙垢。使老人不禁勾起了秋日蕭索的寂寥感。老人才洗完他的一雙腿，握著布巾的手突然像洩了氣似地停下來，他的目光落在木桶裡混濁的熱水，清晰可見窗外的天光映在水裡，疏疏朗朗的枝葉垂掛著紅柿子，並露出瓦屋頂的一角。

此時，「死亡」在老人的內心已投下陰影。然而，這時候的「死亡」不像從前那般威脅他，有著無所遁形的不安感。猶如映現桶裡的天光，是那麼的寧靜，心生戀慕，又讓人意識到安穩的寂滅之感。猶如超脫了世間所有的勞苦，在「死亡」之中沉睡——像個天真無邪的孩子無夢而眠，不知那有多快活啊。自己不只是因生活感到疲累，數十年來筆耕不輟的創作之苦，也使他精疲力盡不堪負荷……

老人悵然若失地抬起眼。環視四周，伴隨著熱鬧的談笑聲，一群光裸著身子的男人在氤氳的蒸氣裡動來動去。柘榴口那兒在哼唱小調的歌聲，如今又多了長歌以及阿波舞曲。剛剛在他內心投下陰影的「死亡」早已如霧消散，連半點灰塵也看不見。

「哎呀，先生，想不到會在這地方遇見您。我做夢也沒想到曲亭先生竟然會一大早來晨浴。」

突然被人叫住，老人嚇了一跳，定睛一瞧，他旁邊站著個男人，紅光滿面，中等身材，梳著細銀杏髻，在熱水桶前等候，肩上掛著濕毛巾，精神抖擻地笑著。看來他已經泡完澡，正要用乾淨的水滌淨身體。

「您還是老樣子，日子過得挺不賴嘛。」

馬琴瀧澤瑣吉微笑著，用略帶挖苦的語氣回答他。

二

「哪兒的話，我過得一點也不好。要說好的話，老師，您的《八犬傳》愈寫愈出色，故事也愈來愈精采，教人看了欲罷不能啊。」

細銀杏髻把肩上的毛巾放進木桶裡，扯起嗓門大聲地說：

「船蟲化身為盲婦，企圖殺死小文吾。他一度被抓起來，遭到嚴刑拷問，最後莊介挺身相救。這段情節安排得真是妙不可言。這樣一來，莊介和小文吾又有機會重逢。在下近江屋平吉只是一介經營小雜貨店的商人，雖然不才，自認對於坊間的讀本算是小有研究，老師的《八犬傳》就連在下也無可挑剔，真是欽佩之至。」

馬琴不動聲色，又默默地洗起腳來，他對熱愛自己的讀者向來懷著一定的好感。但也不會因為這份好感，就改變對那個人的評價。聰明如馬琴，這麼做，本是順理成章的事。相反地，即便他對某人有看法，也不會影響他對那個人的好感，這點滿微妙的。因此，有時候，他對同一個人既瞧不起，又抱持好感，像近江屋平吉便是這樣的熱心讀者。

「不管怎麼說，能寫出那樣的磅礴鉅著，所耗費的心神也非比尋常。放眼當今，先生稱得上是日本的羅貫中——哎呀，這話說得冒失了，得罪得罪。」

平吉又放聲大笑。正在一旁沖澡的一個身材矮小，膚色黝黑，梳著小銀杏髻，長著一對斜眼的男子，大概被他的笑聲嚇了一跳，回過頭來打量平吉和馬琴，露出奇怪的表情，往流水處吐了口痰。

「您還是依舊熱衷俳句嗎？」

馬琴巧妙地轉移話題。他並不在乎斜眼男的表情，該說是慶幸嗎？以他衰弱的視力，哪可能看得清楚這些。

「您這個問題，實在讓在下惶恐至極。在下雖沒什麼才華，偏偏就是喜歡這些，三天兩頭地參加俳句會，厚著臉皮到處向人請教，不知何故，俳句一點兒也沒有進步。對了，不曉得老師覺得如何？對和歌或俳句之類是否也有興致呢？」

「不，吟詩詠句非我所長，雖然之前也曾寫過。」

「您是在說笑吧。」

「不，完全與我性情不合，至今仍舊是個門外漢。」

馬琴說到「性情不合」的時候，特別加重了語氣，他並不認為自己寫不來和歌或俳句，當然他自信對於這方面也懂得不少。但他向來就對這一類的藝術懷著一種輕蔑的想法。因為不管是寫詩或是俳句，篇幅都太小了，不足以容納他全部的構想。單憑一首和歌，一句俳句，無論抒情或敘景多麼精采，相較於馬琴的作品，僅能抵得上寥寥數行罷了，對他而言，這類藝術只能算是二流。

三

馬琴加重語氣說出「性情不合」這句話的背後，其實暗藏著輕蔑之意，不幸的是近江屋平吉壓根兒沒聽出弦外之音。

「哈哈，果真是如此嗎？在下私以為，像先生這樣的大作家，無論寫什麼都會得心應手——或許這就是所謂的魚與熊掌不可兼得吧。」

平吉用擰乾的毛巾搓洗自己的身體，洗到皮膚都泛紅了，略帶客套地這麼說。不過，自尊心強如馬琴，最先浮現是不滿的情緒，對於平吉的場面話怎麼可能照單全收，再說他也不喜歡平吉那種客套的口吻。於是他把毛巾和搓澡巾一起丟入沖水處，半起身，神情苦澀，忍不住誇口說道：

「不過，論及當代和歌作家或俳句宗師的水平，我還是有的。」

話才說出口，這種孩子氣的自尊心忽然讓他感到不好意思。就連剛剛平吉對《八犬傳》讚不絕口的時候，自己也不覺得有多高興。這會兒，讓人看成是不會寫和歌及俳句的人，卻反而感到不滿，顯然兩者相互矛盾。他驀地醒悟到這點，急匆匆取了水桶的熱水，從肩膀一直澆下去，像是要把心裡面的羞愧給沖掉似的。

「誠哉斯言。若非如此，您肯定寫不出那樣的傑作啊。能看出先生兼具作和歌、寫俳句的才華，在下也真是獨具慧眼啊。哎呀，又開始自吹自擂起來。」

平吉又放聲大笑。剛才那個斜眼男已不在身邊。他吐的那口痰早被馬琴澆的水給沖掉了，只不過馬琴當然比剛才更感到困窘。

「怎麼一下子聊了這麼久，我也該去泡個澡吧。」

馬琴感到怪難為情的，這麼招呼的同時，一股莫名的怒氣也油然而生，他慢條斯理地站了起來，打算向眼前這位善心讀者告辭。由於馬琴不經意地誇口，連平吉這個忠實讀者也增添了光采，他像是緊跟在馬琴後頭，補上這麼一句。

「老師改天請您作一首和歌或俳句讓在下欣賞可否？您答應啦，可別忘記啊。那麼我這就告辭了，假使您路過我家時，百忙之中敬請大駕光臨。我也會到府上叨擾的。」

於是平吉邊把毛巾重新清洗一遍，邊目送著馬琴走向柘榴口的背影，心裡琢磨著，待會回到家中，遇見曲亭老師的這事兒，該怎麼講給老婆聽呢。

四

柘榴口幽暗得宛如黃昏一般。熱氣蒸騰，比霧還濃郁。馬琴的眼睛不好，跌跌撞撞地用手扒開了人群，好不容易摸索到浴池的一角，將滿是皺紋的身體浸泡在水裡。

水溫有點熱，他感覺到熱水都浸透了指尖，不禁長長吁了一口氣，慢悠悠向四下打量一番，昏暗的浴池裡浮現七、八顆腦袋，有的在聊天，也有的哼唱小調，融化了油脂的滑膩膩浴池表面，反射著從柘榴口透進來的混濁光線，狀似無趣地晃蕩著。令人噁心的「澡堂味兒」鑽進了他的鼻腔。

一直以來，馬琴的幻想有著浪漫的色彩。以澡堂的水蒸氣為背景，他眼前自然而然地浮現出自己正在執筆的小說中的一個場景。他想到一艘有著沉重船篷的船，隨著夕陽下山，船篷外的海面上似乎起風了。拍擊船舷的浪濤聲，聽起來很沉悶，好像油在晃蕩。伴隨浪濤打在遮陽棚上刷拉拉地作響，應該是蝙蝠在拍擊翅膀。有一名船夫似乎對這聲音感到不安，悄悄地從船舷向外窺看，籠罩著霧氣的海上，陰冷的紅色新月高懸於夜空。於是……

就在此時，他的幻想破滅了。因為聽見有人在柘榴口批評他的小說，聲音突如其來傳到他的耳裡。況且，不論是聲調或是語氣，似乎是刻意要講給他聽的。馬琴原本要離開浴池，卻打消了念頭，豎起耳朵聽那個人的批評。

「什麼曲亭先生啦，什麼著作堂主人啦，說得天花亂墜，馬琴寫的東西最好全部拿去燒掉。講白一點，《八犬傳》不就是抄襲《水滸傳》嗎？要是不挑剔的話，故事情節還不錯，畢竟是抄了人家中國的東西嘛。那本書光是讀上一遍，就不簡單了。這回又拾人牙慧，抄起山東京傳的作品，簡直教人啼笑皆非。」

馬琴老眼昏花，盯著那個罵他的男人看，熱氣遮擋住他的視線，看得不甚分明，應該是剛才在他們旁邊梳著小銀杏髻的斜眼男。顯然是平吉在讚美《八犬傳》的時候惹得他一肚子火，所以才會故意拿馬琴出氣。

「首先，馬琴所寫的玩意兒，不過是賣弄文字罷了，根本胸無點墨。僅僅是把四書五經講解一遍，活像個教私塾的老學究。因為他對於當今世事，根本一竅不通。從他只會寫過去的事就可以證明這一點，他寫不出阿染和久松那樣的故事，所以才寫了《松染情史秋七草》，套句馬琴大人的話，這樣做其樂無窮啊。」

出於優越感，馬琴一點也不覺得對方有什麼好憎惡的。聽到對方的負評雖然不大高興，妙的是，卻無法對那個人心生恨意。不過，他有股欲望想要表白一下自己本身的輕蔑，之所以沒這麼做，大概是因為上了歲數，還懂得克制的緣故。

「相形之下，一九和三馬還真了不起。他們筆下的人物幾乎渾然天成，描寫得栩栩如生。這絕不是靠一點小技巧和半瓶醋的學問勉強湊合而成，這就是他們與蓑笠軒隱者之間最大的不同。」

就馬琴的經驗而言，聽到自己寫的小說遭受負評，不但使他覺得不快，也伴隨著巨大的危機感。他並不是沒有接受負評的勇氣而感到沮喪，而是一旦否認了這樣的負評，反而會對往後的創作動機造成負面的影響。倘若動機不單純，恐怕會創造出畸形的藝術作品。為了取悅讀者迎合潮流的作者又是另當別論，多少有點骨氣的作者，特別容易陷入這樣的危險。因此，到了這把年紀，馬琴已經學會了盡量不要將別人對自己作品的負評擺在心上。雖然心裡明白，但還是忍不住想知道別人是如何評斷自己，一半是受到這樣的誘惑，所以他才會待在澡堂裡，聽小銀杏髻在那邊說自己的壞話。

當他察覺到這點，想到自己浪費時間泡了那麼久，立刻責怪自己太愚蠢。他不再留意小銀杏髻尖銳的嗓門，快步地邁出柘榴口。透過濛濛的熱氣可以看見窗外的藍天，那沐浴在暖陽下的柿子清楚可見。馬琴來到水槽之前，心平氣和地沖水淨身。

「總而言之，馬琴就是個冒牌貨，虧他號稱日本的羅貫中。」

剛才的男人誤以為馬琴還在，依然在浴池裡猛烈地大肆批評，說不定是因為斜眼的關係，害他沒發現馬琴早已邁出了柘榴口。

五

不過，馬琴離開澡堂時，心情有些鬱悶。斜眼男那番毒舌，至少在這範圍內，確實收到他所預期的效果。馬琴在秋高氣爽的江戶街道上走著，一邊縝密地檢討他在澡堂聽見的惡評。他很快地證明此一事實：不管從哪一點看來，那都是不值一哂的謬論。儘管如此，已經被擾亂的心情，一時之間難以平復。

他抬起不愉快的視線，眺望兩旁的商店。店裡的人和他的心情毫無交集，各自忙著當日的營生。印著「諸國茗茶」字樣的柿色暖簾，標明「正宗黃楊」的黃色半月形招牌，寫著「竹轎」的垂掛燈籠，算命先生那印有「卜筮」二字的旗幟——這些物品參差不齊地排成一列，雜亂無章地從他眼前掠過。

「這些瞧不起自己的惡評，為何會令我心如此煩亂呢？」

馬琴繼續想下去。

「使我感到不快的，首先是那個斜眼仔對我滿懷惡意。不管出於什麼理由，被別人惡意對待，難免讓人心裡不愉快，卻又無可奈何。」

他這麼想著，對於自己的懦弱感到羞愧。其實能像他這樣擺出一副旁若無人的態度的人並不多。像他這樣對於別人的惡意如此敏感的人也很少見。他當然察覺到這兩個看似完全相反的行為以及結果，其實出於相同的原因——它們都源自同樣的神經作用。

「但是，令我感到不愉快的，還有其他的原因。那是因為我把自己放在和斜眼仔對立的位置上，我從以前就不喜歡把自己放在這樣的立場，所以從來不願意和別人打賭論輸贏，也是基於這個緣故。」

分析到這裡，想要更深入探究的時候，不料心情忽然起了變化。光看他緊抿的雙唇突然放鬆下來，便可知其端倪。

「最後，讓自己陷入此一境地的，居然是那個斜眼仔，這也是讓我感到不快的原因。如果對方做得再高明一些，自己絕對會不甘示弱地回嗆對方。可是跟這樣一個斜眼仔交鋒，自己無論如何也不屑於開口。」

馬琴苦笑著，抬頭仰望高空。高空傳來老鷹清朗的鳴叫聲，隨著陽光像雨點一般地灑落。他覺得之前鬱悶的心情似乎舒暢許多。

「但是，不管斜眼仔再怎麼詆毀我，頂多只是讓我感到不快而已。就像老鷹再怎麼叫，也不會使太陽停止轉動。我的《八犬傳》一定會完成，到時候，日本就會有一部古今無與倫比的傳奇鉅作了。」

他恢復了自信，如此安慰自己，安靜地轉入細窄的巷弄，朝家裡走去。

六

回到家一看，一雙熟悉的雪駄[1]擺在幽暗的玄關脫鞋處。馬琴見到那雙鞋，來客那張五官扁平的臉立刻浮現眼前。想到他又來耽誤自己的時間，就心生厭煩。

「看來今日上午又泡湯了。」

正思忖著，他站上玄關的平台後，女傭阿杉連忙出來迎接他，她手貼著地板，跪在那裡，抬頭望著他的臉說：

「和泉屋的老爺在房間裡正等著您回來呢。」

他點了頭，把濕毛巾遞給了阿杉。但說什麼也不願意馬上走進書房。

「阿百呢？」

「夫人去廟裡參拜了。」

「阿路也一起去了嗎？」

1 雪駄，為方便下雨或下雪時行走，在草履的內層加上皮革以防水，此外也會在腳跟部的裡層加上金屬，來加強鞋子的耐磨度。

「是的，小少爺也跟著一道去了。」

「我兒子呢？」

「到山本先生家去了。」

全家人都出門了，他嘗到一種近乎失望的滋味。只好無可奈何地拉開玄關旁書房的紙門。

拉開門之後，一位白白的臉上滿是油光，有些裝腔作勢的男子，叼著細長的銀色菸管，端坐在房間正中央。馬琴的書房裡，除了貼著拓本的屏風和掛在壁龕內的一對紅楓黃菊的畫幅外，書房幾乎沒有任何像樣的裝飾。沿著牆壁冷冷清清放著五十幾個古色古香的桐木書箱。拉門的紙貼了一年多還沒換過，在秋日的映照下，殘破芭蕉的陰影婆娑地斜照在滿是修補痕跡的白色拉門上，來客身上的華麗服裝與周圍的環境顯得有些不協調。

「老師，歡迎歸來。」

拉門打開後，客人語調輕快地說著，恭敬地鞠了個躬。這位是書店的和泉屋市兵衛，當時名聲僅次於《八犬傳》的《金瓶梅》就是由該書店出版發行。

「等很久了吧，我今天早上難得去澡堂洗了個晨浴。」

馬琴本能地板著一張臉，一如往常儀態端正地坐好。

「喔，是晨浴啊，原來如此。」

市兵衛發出一種大為欽佩的聲音。不管是多麼細瑣的小事，這男人總是輕易地表示欽佩，這樣的人很少見。不，露出一臉欽佩表情的人，更是少之又少。馬琴慢條斯理地抽了一根菸，一如往常快速地進入正題，也是因為他很討厭和泉屋表現出來凡事都欽佩的造作模樣。

「那麼，今天有何貴幹？」

市兵衛看著菸管在指尖上旋轉，一邊發出像女人般溫柔的聲音說著：

「是這樣的，我想請您惠賜一份大作。」

這男人有著教人匪夷所思的性格，在多數的場合下，他外在的行為和內心的想法是不一致的，不僅如此，通常是正好相反。因此，當他打定主意非要做什麼不可的時候，說起話來反倒是柔聲細氣的。

馬琴聽了這聲調，又不禁皺起了眉頭。

「你說稿子的事，恕難從命。」

「哦，有什麼困難嗎？」

「豈止困難，我今年已經接了許多小說的寫作，已經沒有餘力再寫什麼短篇合卷了。」

「原來如此，您還真是忙碌啊。」

說完，市兵衛的菸管在菸灰缸上敲了幾下，像是什麼暗號似的，作出一副把剛才提的事完全忘得一乾二淨的表情，突然聊起了鼠小僧次郎太夫的話題。

七

鼠小僧次郎太夫是個名聲響亮的江洋大盜，於今年五月上旬遭到當局逮捕。八月中旬被斬首示眾。他總是潛入大名宅邸，將偷來的錢財布施給窮苦人家，義賊這名號從此不脛而走，在地方上喧騰一時。

「話說起來，老師啊，遭竊的宅邸加起來有七十六家，總共偷走了三千一百八十三兩二分的黃金，這數字十分驚人，雖然他是盜匪，卻非等閒之輩。」

這話題勾起了馬琴的好奇心，市兵衛說這些話題時，背後總帶著自負的心理，想著自己是在提供作者寫作的好材料，這種自負總是惹得馬琴不高興，即便如此，還是勾起了他的好奇心。擁有身為藝術家天分的他，難免容易陷入這方面的誘惑。

「哦，確實很了不起，關於他的傳聞，我也多少聽說過，想不到這麼厲害。」

「正所謂賊中豪傑吧，聽說他以前是荒尾但馬守大人的隨從，或許是因為這樣，才會對府邸的周遭環境瞭若指掌。聽見證行刑的人說，他是個粗壯、有魅力的男子，當時套著一件深藍色的越後織布薄外衣，底下穿著米白色內衣，這不是老師您筆下會出現的角色嗎？」

馬琴含糊其詞應答了一句，又抽起一根菸，市兵衛才不是那種輕易被敷衍了事的男人，他抓住這機會向馬琴探問：

「您看這樣如何呢？能不能請老師把次郎太夫這號人物寫進《金瓶梅》故事裡。在下知道老師您非常忙，但請您務必答應寫這份稿子。」

鼠小僧的話題到此結束，他突然又催起之前的那份稿子。馬琴早就熟悉他慣用的技倆，絲毫不為所動。不僅如此，他的心情比剛才更差了，沒想到片刻工夫，竟然中了市兵衛的計，動了幾分好奇心，他覺得自己愚蠢極了，於是索然無味地抽著菸，終於讓他找到了推辭的理由。

「首先，我若是硬著頭皮去寫，恐怕也寫不出什麼好東西，不用我說，你心裡也清楚，這會影響到作品的銷量，你們也會覺得沒什麼意思。照這樣看來，為了彼此著想，我還是別寫了。」

「話雖如此，還是想請您奮力一搏成全此事。」

說這句話的同時，市兵衛用視線將他的臉「徹底摸了個遍」（這是馬琴用來形容和泉屋眼神的用語）。接著，香菸從鼻子斷斷續續噴出繚繞的煙霧。

「無論如何也寫不出來，就算想寫也沒時間，沒法子啊。」

「那可難倒我了。」

說著，和泉屋突然把話題轉到了作家同行身上，兩片薄薄的嘴唇，依然叼著細細的銀色菸管。

八

「種彥好像又有新作品要問世了。雖然他老是寫一些詞藻華麗的淒美故事。但是那種故事也唯獨他才能駕馭自如。」

市兵衛不知安什麼心眼兒，總習慣直呼作家的名諱。每次聽到他這麼稱呼，馬琴心裡都想著他一定在背地裡直呼自己「那個馬琴」。這種輕薄的小人，把作家當成是自家雇用的夥計，憑什麼非得要幫那個無禮之輩寫稿呢？還直呼我名諱，真是愈想愈氣，肝火都上來了，今天一聽到種彥的名字，馬琴的臉就更臭了，而市兵衛卻好像渾然未覺。

「老師知道在下打算出版春水的書嗎？老師很討厭他吧，可他的作品相當迎合大眾的口味啊。」

「哦，是這樣啊。」

馬琴的記憶裡，不知何時浮現春水的臉，那張猥瑣的臉誇張地浮現眼前，好像在說著：「我才不是什麼作家，只是為了掙錢度日，迎合客人的喜好，花了些時間寫些豔情故事罷了。」因此，他當然打從心底瞧不起這個不像作家的作家，儘管如此，聽到市兵衛直呼其名，心裡還是不大舒坦。

「總之，寫這些極盡感官之能事的作品，春水可是箇中高手，況且他的寫作速度是出了名的快手。」

說著，市兵衛瞄了馬琴一眼，目光又迅速地轉向嘴巴叼著的銀色菸管，若有所思的表情不知在想著什麼下流的念頭，至少馬琴是這樣認為。

「他的文字產量驚人，總是振筆疾書，聽說沒寫個兩、三回合，是不會停筆的，說起來，老師您寫作的速度也很快吧。」

這話帶著挑釁的意味，馬琴一方面感到不愉快，另一方面又有種受威脅的感覺。他自尊心很強，把他拿來和種彥與春水相提並論，看誰寫作速度快，馬琴當然心裡不高興。而且他是慢工出細活，他覺得這是在印證自己的無能，經常為此感到洩氣。但另一方面，他又將寫得慢這件事，視為一種衡量自己藝術良心的尺度，並且深以為貴。只是他不允許俗人在那裡穿鑿附會，妄自臆測。因此，他望著壁龕上的紅楓黃菊，咬牙切齒地說：

「要看時間和情況，有時候寫得快，也有時候寫得慢些。」

「哦，得看時間和情況啊，我明白了。」

市兵衛第三次表示欽佩，不過他當然不會就此善罷甘休，緊接著，他就單刀直入地問道：

「可是，我已經說了好幾次，稿件方面您能否答應下來，就拿春水來說……」

「我跟為永春水不一樣！」

馬琴有個毛病，就是生氣的時候，下唇會朝左邊撇，這時候，他的下唇又往左邊狠狠地撇了一下，表示他相當惱火。

「恕不從命，阿杉、阿杉啊，和泉屋先生的鞋子擺好了沒有？」

九

馬琴對和泉屋市兵衛下逐客令後，獨自憑靠在廊柱，眺望狹小庭院的景色，死命地將自己滿腔的怒火壓下去。

陽光灑滿了院子，葉子裂開的芭蕉和光禿禿的梧桐樹，與羅漢松和綠油油的竹子，一起領受著幾坪大溫暖的秋色。洗手用小水盆旁的芙蓉，花朵已經疏疏落落剩不到幾朵了，在它的對面，栽種在袖垣外的桂花，甜美的香氣依然瀰漫在空氣中。遙遠的藍天偶爾會傳來熟悉的老鷹叫聲，猶如笛音自天際灑落。

與自然風光相對照，他再次想起人世間的卑劣來，活在卑劣世界的人們的不幸，就是受到卑劣事情的煩擾，迫使自己也不得不採取卑劣的言行舉止，而感到面目可憎。就拿他自己來說吧，剛才下達逐客令，也不是什麼高尚的事。因為對方太下流了，自己也被逼得做出此等下流事不可。所以，就這麼做了。這樣豈不意味著他和市兵衛一樣卑劣，也就是說，自己遭到牽連，也跟著一起墮落了。

想到這裡，他憶起前不久也發生過同樣的事情。去年春天，他接到一封信，說要拜他為師，寫信的人是住在相州朽木上新田一個名叫長島政兵衛的男子，信裡面的內容大致是這樣——他二十一歲時失聰，現在已經二十四歲了，想抱著以文筆一舉成名的決心，專心致志從事小說的創作。更別說他是《八犬傳》和《巡島記》的忠實讀者，但在這窮鄉僻壤的環境，學習方面有著種種的不便，因此，想來府上當食客，不知可否？另外，他手邊有六冊小說的原稿，也希望能夠請老師代為潤色，並交由書店出版。對馬琴來說，對方的要求，淨打著如意算盤，未免過於自私，然而，視力不好的馬琴，多少也激起了些許同情心，但是這封信馬琴依然鄭重地回絕，回信寫著：「承蒙抬愛，恕難從命。」沒想到對方的回信，從頭到尾都是猛烈的批判，此外無他。

信的開頭是這麼寫的：不管是你的《八犬傳》或是《巡島記》，我可是耐著性子才讀完你那冗長又拙劣的作品，可是你連我寫的六冊小說都不屑一顧，可見你的人格有多麼低劣——還攻擊說他吝嗇，身為前輩也不願收留晚輩在家中做客，最後草草收場。馬琴看了信怒火中燒，立刻寫了封信回給對方，還在信裡抱怨道：「想到我的小說竟然有你這樣輕薄無聊的讀者，是我一生的恥辱。」從此這位仁兄就杳無音訊。不曉得他現在是否還有繼續在寫小說，他是不是還夢想著，總有一天要讓全日本的人閱讀他的作品呢？

在這段回憶裡，馬琴情不自禁地為著長島政兵衛感到可悲，同時也覺得他自己很可悲。於是又令他產生了難以言喻的寂寥之感。太陽無心地融化了桂花的香氣，芭蕉與梧桐也悄無聲息，葉片紋風不動，老鷹的叫聲依然嘹亮，與大自然相較之下，那個人實在沒什麼好說的——他像做夢似的，憑靠著廊柱，直到十分鐘後，女傭阿杉前來通知他午膳已經準備好了。

十

馬琴一個人吃完了冷冷清清的午膳，總算走進書房，不知怎地心神不寧，為了撫平心中的不快，他翻開了好久不曾翻閱的《水滸傳》。恰好讀到風雪的夜晚，豹子頭林沖在山神廟看到火燒草料場的那一幕，戲劇性的情節，使他感到興致盎然，但是讀了一段之後，反倒覺得有些不安。

去廟裡拜拜的家人還沒回來，屋內靜悄悄的。他收斂起陰鬱的表情，將《水滸傳》擺在面前，百無聊賴地抽著菸。在煙霧繚繞中，腦海裡向來存在的一個疑問又冒出來了。

這個疑問不斷地糾纏著身為道德家與藝術家的他。他從來不曾質疑過傳統的

「先王之道」。他也曾公開發表，自己寫的小說，正是「先王之道」的藝術表現。因此，並沒有相互矛盾之處。然而，「先王之道」賦予藝術的價值，以及他在思想情感上賦予藝術的價值，兩者之間的差距是如此懸殊。因此，他心裡的道德家當然肯定前者，藝術家當然肯定後者。為了超脫兩者之間的矛盾，他也不是沒想過採取權宜之計來解決這種矛盾。實際上，他也確實想過要在普羅大眾的面前倡儀優柔寡斷的調和論，藉此掩飾自身對於藝術抱持的曖昧態度。

就算騙得了大眾，卻欺瞞不過他自己。他否定戲作的價值，認為它是「勸善懲惡的工具」，每當遭逢不斷在心中沸騰的藝術靈感時，他旋即感到十分不安。——正因為如此，《水滸傳》的一段情節恰好為他的情緒掀起意想不到的波瀾。

一想到這點，思想上怯懦的馬琴，默默地抽著菸，盡可能把思緒轉移到不在家的家人身上。然而，《水滸傳》就擺在面前，源自此書產生的不安感，實在難以迴避這念頭。就在這時候，久未謀面的華山渡邊登來訪，看他穿著袴裙搭羽織外套，腋下夾著紫色布包袱，大抵是來還書的。

馬琴心情大好，還特地到玄關迎接好友。

「我今日來歸還先前向您借的書本，順便帶了一樣東西請您過目。」

將華山引入書房後，他果然說了這句話，仔細一看，除了包袱外，還有個用紙捲著的類似畫絹般的物品。

「如果有空的話，想請您欣賞一下這幅畫。」

「哦，馬上讓我看看吧。」

華山似乎在掩飾內心的興奮之情，露出有點做作的微笑，攤開用紙包覆的畫絹。畫絹上疏疏落落畫著蕭索、光禿的樹幹，有遠景有近景。林間站著兩個拍手談笑的男人。不論是散落在地面上的黃葉，還是在樹梢群聚的亂鴉，畫面上的各個角落，無處不瀰漫著微寒的秋意。

馬琴的視線，落在這幅淡彩的〈寒山拾得圖〉，眼睛裡逐漸閃耀著潤澤的光輝。

「你依舊畫得和從前一樣好，倒讓我想起王摩詰。這裡表達的正是詩中『食隨鳴磬巢烏下，行踏空林落葉聲。』」

十一

「這是昨天才畫好的，我很滿意，要是老人家您喜歡的話，打算送給您，所以特意帶來的。」

華山邊撫摸殘留著鬍渣的青色下巴，狀似滿足地這麼說。

「雖說滿意，其實是指到目前為止所畫的作品來說，不過，至今還未能畫出我心目中最理想的作品。」

「真是感謝你，老是收你的禮，實在不勝惶恐。」

馬琴一邊盯著畫，如此喃喃自語行禮致謝。他那未完成的工作，不知怎地，在腦海裡驀然一閃。而華山還是老樣子，依然在想著自己的畫。

「每逢見到古人的畫，我老是在想，怎麼能夠畫得如何出色？不管是樹木抑或石頭，還是人物，他們都能畫得維妙維肖，而且古人的心境悠悠躍然於紙上。光憑這點實在了不起，相形之下，我的程度連孩童都不如。」

「古人云：『後生可畏。』」

對於華山淨想著自己的畫，馬琴以一種嫉妒的心情看著他，難得說了這麼一句玩笑話，想要調侃他。

「後生可畏。所以我們只不過夾在古人與後生之間，動彈不得，被推搡著往前進。不光是我們這樣，古人也是如此，後生也差不多吧。」

「正所謂長江後浪推前浪，要是不努力前進的話，馬上就被推倒了。這麼一來，哪怕一步也好，關鍵在於好好研究該如何前進才對。」

「沒錯，這才是關鍵所在。」

主人與客人被自己說的話所感動，暫時沉默了一會兒。於是兩人一起聆聽著秋日寂靜的萬籟之聲。

「您的《八犬傳》進展還順利嗎？」

不久，華山總算開啟了新的話題。

「沒有，進度還是一樣緩慢，沒法子啊，這點我也不及古人。」

「連您老人家都說這種話了，我該如何是好？」

「說到煩惱，我比誰都煩惱。但無論如何，也只能盡全力去寫，沒別的辦法了。我已經做好了要跟《八犬傳》拼死一搏的決心。」

說到這裡，馬琴自覺不好意思，露出了苦笑。

「心裡想著，不過是戲作罷了，寫起來倒沒那麼容易呀。」

「我的畫也是一樣的，既然都畫了，也只能盡我所能畫到最好。」

「咱倆就努力地拼死一搏。」

兩人朗朗大笑。然而，在那笑聲之中，流動著只有兩人才能察覺到的一抹寂寥。同時，主人與客人從同樣的寂寥之中，感受到一股強而有力的興奮之情。

「不過我很羨慕會畫畫的人。不會受到官府的譴責和刁難，真是再好不過了。」

這次輪到馬琴，把話鋒一轉。

十二

「那倒沒有……您老人家寫東西，用不著擔心這點吧。」

「哪兒的話，擔心的事可多著。」

馬琴舉了個實際例子，說明見識淺薄的圖書檢閱官行為粗暴到了極點，譬如自己的小說曾出現官員賄賂的情節，只得奉命改寫。他還加上這段批評：

「檢閱官愈是吹毛求疵，愈顯得心虛，多有意思啊。因為自己可以收受賄賂，就不許別人寫賄賂的事，還命令要改寫。更有甚者，他們思想齷齪下流，很容易動歪腦筋，於是不管什麼書，只要是寫了男女情愛的內容，馬上當作是淫亂之書。還認為自己在道德這方面比作者來得高尚，令人哭笑不得。就好比猴子照鏡子，齜牙裂嘴地威嚇鏡子的自己，對著自己低賤的模樣亂發脾氣。」

由於馬琴的譬喻過於貼切，華山不禁失笑。

「您所言甚是。不過奉命改寫並不是您老人家的恥辱，不管檢閱官怎麼說，偉大的著作必定有存在的價值。」

「儘管如此，這樣蠻橫不講理的情形實在多不勝數。我記得有一次寫了送衣服和食物進牢裡的情節，也被刪改了五、六行呢。」

馬琴本人這麼說著，一邊和華山噗哧笑了出來。

「可是等到五十年、一百年後，檢閱官已經不在了，可《八犬傳》還在世間留傳。」

「不管《八犬傳》能否留傳下去，我想檢閱官永遠都是那副德行。」

「是這樣嘛，我可不怎麼想。」

「不，即使檢閱官不在了，世上少不了類似檢閱官的人，你以為焚書坑儒是過去的歷史，那就大錯特錯了。」

「您老人家，怎麼最近老說些喪氣話。」

「我並不是說喪氣話，我只是為了這個檢閱官橫行霸道的世道感到非常憂心。」

「那您就加把勁努力創作吧。」

「看來也只能這樣了。」

「咱倆一同努力拼死一搏吧。」

這一次，兩人都沒有笑。不僅沒有笑，馬琴的表情還有些僵硬，盯著華山的臉。想不到華山這句看似玩笑話，卻不可思議地一針見血。

不久，馬琴這麼說道：

「不過年輕人啊，首先要懂得判斷力才有辦法存活下去，想拼命的話隨時都行啊。」

其實他是知道華山在政治上的意見傾向，突然感到一種不安。不過，華山則是一直面帶微笑，並未做任何答覆。

十三

華山回去之後，馬琴將殘餘的興奮之情，投入《八犬傳》的寫作，他一如往常坐在書桌前——馬琴從前就有個習慣，在著手寫稿之前，會將前一天寫的內容重看一遍，才往下續寫。今天他也在狹小的行距裡，用朱墨批上滿滿的紅字，用心地重讀了一遍幾頁的稿子。

結果他發現，不知怎地，所寫的文字和自己的心情一點也不貼切。字裡行間潛藏著不純的雜音，以至於破壞了整體的協調性。起初還以為是因為自己心情不好才會這樣。

「應該是我現在心情不好，這些全都是我費盡心力所寫出來的作品。」

他心裡想著，重新又讀了一遍。不過，還是覺得有哪裡不太對勁，雖然內容和剛才沒什麼兩樣，他心情極度慌亂，狼狽的不像是老人應有的模樣。

「再前一天的稿子如何呢？」

他又翻看前一天寫的稿子，這份稿子也一樣，粗糙雜亂的詞句，觸目皆是。他一段又一段地往前讀。

然而，進一步讀下去，只見到拙劣的布局和雜亂的文脈展現在他的眼前，那是不帶有任何影像的敘景。不帶任何感情的詠嘆。還有邏輯不通的辯論。他耗費多日寫了幾章的原稿，如今讀來，感覺全都是無用的饒舌，他突然感覺到一陣椎心之苦痛。

「看來只得從頭改寫了。」

他在心裡如此吶喊著，悻悻然將原稿推到桌子前面，用單手支著自己的下巴，一骨碌地躺下來。可腦子裡還是惦記著稿子的事，眼睛沒有離開過書桌。就在這張書桌上，他寫了《弓張月》、寫了《南柯夢》，而目前他正在寫《八犬傳》。書桌上擺放著許多他珍愛的文房具，像是端溪名硯、蹲螭文鎮、蛤蟆造型的銅製水壺、浮雕著獅子與牡丹的青磁硯屏，還有雕著蘭花的孟宗竹根筆筒——這些文具都陪伴他一同走過創作最艱苦的日子。此情此景，讓他認為現在的失敗已經在他一生的勞作當中投下陰影——說明了自己的寫作能力根本上值得懷疑，這種念頭不禁令他感到惴惴不安。

「剛才我還想寫出我國無與倫比的曠世鉅作，或許其實自己與一般人無異，純粹只是一種自負心理在作祟。」

這種不安比什麼都令他難以承受，夾雜著落寞與孤獨的情緒。在他所尊敬的和漢天才作家的面前，他總是不忘保持謙遜的態度。正因為如此，對於身處同時代那些汲汲營營的作家們，他的態度則是極為傲慢和桀驁不馴。他怎麼可能輕易承認自己最終和這些人實力不相上下，甚至是更讓人討厭的遼東豕[2]。此外，他那過於強大的「自我」充滿熱情，絕對不可能以「頓悟」或「死心」等藉口來逃避。

他橫臥在書桌前，以一種罹難船長的視角，親見即將沉船的眼神，看著寫失敗了的原稿，安靜地和那絕望的威力奮戰到底。如果這時候，他身後的拉門沒有啪的一聲打開，柔軟的小手沒跟著「爺爺我回來了」這句話，摟住他的脖子，恐怕到現在他還籠罩在憂鬱的氣氛當中，不知哪時才得以解脫。當孫子太郎打開拉門，立刻以孩子特有的大膽與率真，一下子奮力跳到馬琴的膝上。

「爺爺，我回來了。」

「哦，這麼早就回來啦。」

隨著這句話，滿臉皺紋的《八犬傳》作者，簡直換了個人似的喜形於色。

十四

起居室很熱鬧，傳來妻子阿百的尖嗓門以及嫻靜媳婦阿路的聲音，時而夾雜低沉的男人粗嗓門，看來是兒子宗伯剛好也回到家。太郎跨坐在祖父的膝蓋上，像是在聽他們說話的樣子，故意一本正經，眺望天花板，小小的臉蛋兒被外面的冷空氣吹得通紅，每次呼吸的時候，小小的鼻子都會跟著掀動。

「爺爺，我跟你說喔。」

---

2 遼東豕，參見《後漢書・朱浮傳》，凡見識淺陋者，以「遼東豕」稱之。

穿著小巧的深褐色紋附的太郎，突然對著馬琴這麼說。他很認真地思索著，又竭力忍住不笑出來，所以臉頰上的笑渦一會兒露出來一會兒又消失。馬琴看見這副模樣，不自覺地被逗笑了。

「你每天好好……」

「嗯，每天好好？」

「用功讀書。」

馬琴終於噗哧一聲笑了出來，一邊大笑著，還不忘搭話：

「然後呢？」

「然後……那個……不可以耍脾氣。」

「哎呀呀，就這樣嗎？」

「還沒完呢。」

太郎說著，仰起梳著那挽著線髻的小腦袋瓜，自己也笑了。看他瞇著眼，露出潔白的牙齒以及小小笑渦的模樣，馬琴怎麼也難以想像這孩子長大以後是否會變得像世間一般人那樣可悲的臉。他沉浸在幸福的意識之中，如此這般地想著，愈想愈覺得有意思。

「還有什麼呢？」

「還有，好多好多呢。」

「是什麼事啊？」

「嗯……爺爺以後會很了不起呢。」

「很了不起，之後呢？」

「所以啊，你要好好忍耐。」

「我有忍耐啊。」馬琴忍不住認真回答太郎。

「還不夠，要好好地、好好地忍耐。」

「是誰告訴你這些事的？」

「這個嘛……」

太郎調皮地瞄了他一眼，然後笑了起來。

「你說是誰呢？」

「嗯。你今天去廟裡拜拜，是聽廟裡的和尚跟你說的吧。」

「才不是。」

太郎果斷地搖了搖頭，從馬琴的膝上略微起身，下巴也稍微往前。

「我跟你說喔。」

「嗯。」

「是淺草的觀音菩薩說的。」

話才說完，這孩子就用全家都聽得見的聲音，開心地大笑。怕被他抓住似的，太郎突然跳到馬琴的身旁。爺爺輕易地就上了當，太郎開心地拍著小手，滾也似地逃到起居室那邊去。

剎那間，馬琴的心裡面，似乎閃過某種嚴肅的想法，他的嘴唇浮現幸福的微笑。同時，他的眼底不知何時盈滿了淚水。他並不想問太郎，這玩笑話是自己想出來的，還是母親教的？這時，從孩子的口中聽到這句話，他感到不可思議。

「原來是觀音菩薩說的啊。用功讀書、不要脾氣，還有要好好忍耐。」

六十多歲的老藝術家含淚笑著，像孩子一樣點了點頭。

十五

那天夜晚。

馬琴就著圓行燈黯淡的光線下，開始揮筆續寫《八犬傳》的草稿。他埋首寫稿時，家裡的人不得進入書房。靜悄悄的屋子裡，只聽得見燈芯吸油的聲音，與外頭蟋蟀的蟲鳴聲，一同訴說著長夜空虛的寂寥。

剛剛提筆的時候，他腦袋裡閃爍著稀微的光芒。寫了十行、二十行以後，那光芒逐漸亮了起來。憑藉過往的經驗，馬琴心中明白這是什麼樣的感覺，更加聚精會神地振筆疾書。神來一筆的靈光與火苗並無二致，如果不留意火勢的話，即便點燃了，很快又會熄滅的……

「別著急，要盡其所能，更深入地思考。」

馬琴慎重地握住手中狂奔疾走的筆，如此再三地告誡自己。剛才腦海中猶如星星碎片似的物體，如今已匯聚成河流，難止其奔騰之勢，力道也不斷增強，不容分說將他推向前方。

不知道什麼時候，他已聽不見蟋蟀聲。就算圓行燈的光線再昏暗，他也完全不在乎了。筆彷彿有自身的靈魂，在紙上盡情地揮灑，馬琴以一種與神明相抗衡的態度，幾乎是豁出去的感覺在書寫著。

腦中的川流，猶如奔騰在天上的銀河，寫作的靈感滔滔不絕地湧出。來勢洶洶，使他感到懼怕，擔心自己的身體萬一承受不住，又該如何是好。他握緊手中的筆，再三地提醒自己：

「用盡洪荒之力寫吧。現在我所寫下的每字每句，恐怕也只有此時此刻才寫得出來啊。」

然而看似光暈的那道川流，絲毫未減慢速度，反而加快速度向前飛躍，以目眩神迷之姿淹沒了所有的事物，激昂澎湃地朝他襲捲而來。他終於徹底地被這樣的靈感所俘虜，忘卻了一切，順著川流的方向揮筆急就，其勢如暴風，迅急而猛烈。

這時，映在他如帝王般的眼裡的，既不是利害得失之心，亦非愛憎好惡之情。曾為了毀譽榮辱而煩亂的心也一掃而空，只留下無以名狀的喜悅，或是令人沉醉的悲壯激情。不懂得這種激情的人，又怎能體會戲作三昧的心境呢？又怎麼理解劇作家莊嚴的靈魂呢？這不正是將所謂的「人生」滌去全部的殘渣，宛如一塊嶄新的礦石一般，閃耀地呈現在作者眼前。

×

在此當下，客廳的行燈旁，阿百和阿路婆媳倆對坐著，繼續手邊的針線活兒，大概已經把太郎哄睡了。坐在離她們不遠的地方，身體孱弱的宗伯從剛才就一直在搓揉藥丸。

阿百用針在抹了油的頭髮上蹭了蹭，不滿地發著牢騷說：

「老爹怎麼還不睡覺啊？」

阿路的視線沒離開縫衣針，回答她說：

「八成又寫到興頭上。」

「真拿他沒辦法，又掙不了幾個錢。」

阿百這麼說著，看了看兒子和媳婦。宗伯則是裝作沒聽見，一聲不吭。阿路也默默繼續縫衣。不論是在這裡或是在書房，一樣聽得見蟋蟀在鳴唱著屬於秋天的旋律。

小白

一

某個春日午後，小白一邊嗅聞泥土的味道，一邊走在安靜的街道上。在狹窄的馬路兩旁一排長長的籬笆冒出了綠芽，籬笆之間稀稀落落地綻放著櫻花之類的。小白沿著籬笆走著，忽然彎進了一條小巷子。可是，剛一拐彎就突然驚嚇地愣在那裡。

這也難怪，小巷裡，在前方十三、四公尺處，有個身穿印半纏[1]的屠狗人把套索隱於身後，鎖定一隻黑狗伺機而動。然而黑狗渾然不覺危險將至，還咬著屠狗人丟給牠的麵包什麼的。可是令小白驚訝的不僅是這個，換作是其他陌生的狗也就罷了，偏偏現在被屠狗人鎖定的對象是鄰居家的小黑，牠和小黑非常要好，每天早晨碰面時，總要相互嗅聞鼻子的氣味。

小白不禁大聲喊道：「黑兄，危險！」就在這當下，屠狗人惡狠狠地瞪了小白一眼。他的雙眼閃現恫嚇的目光——你膽敢告訴牠，我就先把你給套牢！小白嚇得六神無主，竟然忘記出聲吠叫。不只是忘了而已，牠還膽怯到一刻也待不住。小白瞅著屠狗人，開始一步步後退。屠狗人的身影才消失在籬笆後方，小白就撇下可憐的小黑，一溜煙地逃走了。

就在那一瞬間，套索朝著小黑扔過去。接著只聽見小黑淒厲地哀號聲。但小白非但沒有回頭，連腳步也沒停下，牠飛越過水窪，踢散地上的石子，擦過禁止通行的警戒繩，掀翻垃圾桶，頭也不回地往前狂奔。看吶！牠沿著坡道衝下去了！哎呀，差點被汽車輾過去！小白為了逃命，應是打定主意豁出去了。不，小黑的哀號聲至今仍嗡嗡地縈繞在耳邊。

「嗷嗚，嗷嗚，救命啊！嗷嗚，嗷嗚，救命啊！」

1 印半纏，在衣領或背上印有商號和姓名的日式短外衣。

二

小白上氣不接下氣地好不容易回到主人家。鑽過黑色圍牆下的狗洞，繞過堆放雜物的小屋，即是狗屋所在的後院。小白幾乎像風一般衝向後院的草坪。既然逃到了這裡，就不必擔心被套住了。而且，碰巧遇上小姐和少爺在綠油油的草坪上玩投球。小白看著這幅光景不知心裡有多麼歡喜。牠搖著尾巴，一個箭步就衝了過去。

「小姐！少爺！今天我遇到了屠狗人唷。」

小白抬起頭來看著他們，一口氣地說。（當然小姐和少爺都聽不懂狗在說什麼，只聽見牠在那邊汪汪叫。）可是今天不曉得怎麼回事，小姐和少爺一臉呆滯，連小白的頭也沒撫摸一下。小白覺得很奇怪，又對兩人說：

「小姐！你知道屠狗人嗎？他是個很可怕的傢伙。少爺！幸好我逃出來了，可是隔壁的小黑被那個傢伙給抓走了。」

可是小姐和少爺兩人面面相覷。不僅如此，過了一會兒，兩人說起奇妙的對話。

「這是哪來的狗？春夫。」

「這是哪來的狗？姊姊。」

哪來的狗？這回換成小白呆住了。（小白完全聽得懂小姐和少爺的對話。我們因為聽不懂狗說的話，才會以為狗也聽不懂人話，事實上並非如此，正因為狗聽得懂人話才能學會把戲。由於我們聽不懂狗話，因此狗教給我們的本事，比方在黑暗中辨別方向、如何嗅出細微的氣味等等，沒有一樣能記得住。）

「怎麼會說是哪來的狗呢？是我呀，我是小白呀！」

但小姐仍然一臉嫌惡地看著小白：

「該不會是鄰居家小黑的兄弟吧？」

「也許是小黑的兄弟喔。」少爺一邊玩弄手裡的球棒，若有所思地回答。

「因為這傢伙也是一身黑。」

小白忽然感到一陣毛骨悚然。一身黑！怎麼可能哩！小白還是幼犬的時候，就像牛乳般毛色純白。然而現在仔細一瞧，不，不光是前腳，就連胸部、肚腹、後腳，乃至細長漂亮的尾巴全是像鍋底一般黑不溜丟的。漆黑！漆黑！小白瘋狂似的，又蹦又跳，在原地轉圈，死命地狂吠。

「哎呀，這可怎麼辦？春夫，這肯定是條瘋狗。」

小姐佇立在那裡，差點就要哭出聲來。可是少爺很勇敢，小白的肩膀突然挨了一記球棒，緊接著，球棒又朝著牠的腦袋瓜揮過來。所幸小白動作俐落，從球棒下方鑽過去，便朝著來時的方向逃了出去。

可是這次不像先前那樣，一跑就是一、二百公尺的距離。牠來到了草坪盡頭的棕櫚樹下，那兒有個塗成奶油色的狗屋。小白來到狗屋前，回頭看著自己的小主人。

「小姐！少爺！我就是小白啊。即使變得再黑，也還是小白啊。」

小白顫抖的聲音表現出難以言喻的悲傷與憤怒。可是小姐和少爺根本無從理解小白的心情。如今，小姐惡狠狠地用腳跺地大聲嚷著：「還在那兒不曉得狂吠什麼，這野狗真是刁蠻。」少爺呢，則是從小徑上撿起石子，用力地朝小白的方向扔過去。

「畜生！還在那兒磨蹭什麼，還不快滾！快給我滾！」石子連續扔過來，有的砸中小白的耳根，打到滲出血來。小白終於捲起尾巴，鑽出黑色圍牆。在牆外，一隻灑滿銀粉的紋白蝶正沐浴在春日的陽光下翩翩飛舞著。

「啊，從今天起要淪為無人收留的野犬嗎？」

小白長嘆一聲，在電線桿下茫然地望著天空好一會兒。

三

被小姐和少爺趕出家門的小白，在東京街頭四處晃蕩。可是無論去到哪兒，怎麼也忘不了自己變成一身黑的模樣。小白既害怕理髮店裡照出客人臉的鏡子，也害怕雨後倒映著天空馬路上的水窪。害怕映出馬路邊樹上嫩葉的櫥窗玻璃，也害怕咖啡館的桌子上盛滿黑啤酒的玻璃杯——可是再怎麼怕也無濟於事吧？看看那輛汽車，對，就是停在公園外的黑色大轎車。黑得發亮的車身映出朝這邊走來小白的身影——像照鏡子那樣明晰。像那輛等待著乘客的汽車能映照出小白身影的東西所到之處比比皆是。要是小白看見了自己的身影，不知該有多驚恐啊。瞧瞧小白那張臉，牠痛苦地悶哼一聲，便加快腳步衝進公園裡。

公園裡，懸鈴木的嫩葉被微風吹拂著。小白低垂著頭在樹叢裡走著。所幸那兒除了池塘裡的水，再也沒有能映照牠身影的東西了。只聽得見群集在白玫瑰上方的蜜蜂嗡嗡聲。小白在公園平靜的氣氛中，短暫地忘卻自己近日變成醜陋的黑狗的悲傷。

可惜這樣的幸福才維持不到五分鐘。小白就像做夢似地來到了長椅並排的路旁。這時候，從路的拐彎處傳來了一陣狗的尖叫聲。

「嗷，嗷，救命啊！嗷，嗷，救命啊！」

小白不禁渾身顫抖。那聲音傳進小白的心中，腦袋頓時浮現出小黑被抓走時的最後畫面。小白原本想閉上眼睛朝來時的方向逃走。可是，如同字面上的意思，就在那一瞬之間，小白發出了咆哮聲，兇猛地回過頭去。

「嗷，嗷，救命啊！嗷，嗷，救命啊！」

這聲音聽在小白耳裡，就像是：

「嗷，嗷，別做膽小鬼！嗷，嗷，別做膽小鬼！」

小白低頭朝聲音的方向飛奔過去。

可是跑到那裡一瞧，出現在小白面前的並不是屠狗人。只是看起來像是放學回家途中，兩、三個穿著洋服的孩子，吵吵鬧鬧著拖著一隻脖子上套著繩子的茶色小狗。小狗拼了命想掙脫繩子的束縛，不斷地叫喊著：「救命啊！」可是孩子們完全不當一回事，他們又笑又鬧的，有的還用皮鞋去踹小狗的肚子。

小白毫不遲疑地朝著孩子們狂吠。面對突如其來的攻擊，孩子們感到相當驚恐。事實上無論是像烈火燃燒般的眼神，還是如刀子般露出的利齒，小白那副模樣簡直就像是要撲上前去咬住對方。孩子們嚇到一哄而散往不同的方向逃竄，有的狼狽不堪，甚至跌進了路旁的花壇。小白追了足足有一、二十公尺遠，然後回過頭來，像斥責小狗似地喊道：

「喂！跟我一起來吧。我護送你回家去。」

小白又逕自穿過原來的樹叢，茶色小狗也滿心歡喜地鑽過長椅，將玫瑰花踢散，和小白爭先恐後地奔跑著，牠的脖子上還拖著那根長長的繩子。

×

兩、三個小時後，小白跟茶色小狗一起佇立在簡陋陳舊的咖啡館前。白天時昏暗的咖啡館如今燈火通明，音色模糊的留聲機正播放浪花節之類的曲目。小狗很得意地甩甩尾巴對小白說：

「我就住在這裡，住在這個名為大正軒的咖啡館裡。——叔叔您住哪兒呢？」

「你是指我嗎？我啊住在遙遠的鎮上。」

小白寂寞地嘆了口氣說道。

「那麼，叔叔要回家了。」

「請等一下，請問叔叔家的主人會很兇嗎？」

「主人？為何有此一問？」

「如果主人不會很兇的話，請您今晚就在此住一晚吧。也讓我媽答謝您的救命之恩。我們家有牛乳、咖哩飯、牛排什麼的，各式各樣好吃的東西喔。」

「謝謝，謝謝你。可是叔叔還有點事，下回再來享用吧。——那麼，替我問候你母親吧。」

小白抬起頭望了一下天空，然後沿著石板步道靜靜地走出去。這時咖啡館的屋頂上方露出了皎潔的新月。

「叔叔，叔叔，我說叔叔啊。」

小狗悲戚地從鼻子發出嗚嗚聲。

「那可以告訴我您的名字嗎？我叫做拿破崙，家人都叫我小拿或是拿破公。

——叔叔您叫什麼名字呢？」

「叔叔的名字叫做小白。」

「叫小白是嗎？真是奇妙的名字。叔叔不是全身都是黑的嗎？」

小白聽了心裡很難過。

「即使如此，還是叫小白。」

「那我叫您小白叔叔。小白叔叔，無論如何請您務必賞光在近期來我們家一趟。」

「拿破公，再見了！」

「請多保重，小白叔叔！再見，再見！」

四

從那之後，小白下落如何呢？——因為有來自各方的新聞報導，在此無須一一贅述。大抵上人盡皆知，有一條勇敢的黑狗好幾次拯救了瀕臨危險的人。人們也都知道，有一部名為《義犬》的電影風行一時。那隻黑狗正是小白。不過如果不巧還有人不知道的話，可以讀一讀下面引述的新聞報導：

《東京日日新聞》：昨日（五月十八日）上午八時四十分，奧羽線上行特快列車通過田端站附近一處平交道時，因路口值班人員疏失，田端一二三公司職員柴山鐵太郎之長子實彥（四歲），進入列車行經的鐵軌之中，險些被列車輾死。就在千鈞一髮之際，一隻身手矯健的黑犬，閃電般衝向平交道，從即將駛來的列車底下，成功地救出實彥。這隻勇敢的黑犬，卻在圍觀的眾人喧譁聲中消失了蹤影。因而無法予以表揚，令鐵路當局感到為難。

《東京朝日新聞》：日前在輕井澤避暑的美國富豪愛德華・巴克萊夫人，養了一隻寵愛有加的波斯貓。其所居住的別墅最近出現一條長約七尺餘的大蛇，欲吞食陽台上夫人之愛貓。這時，突然竄出一隻從未見過之黑犬，前去營救小貓，歷經長達二十多分鐘之纏鬥，黑犬終於將大蛇咬死。事後這隻毫無所懼的黑犬卻不知去向。夫人懸賞五千美元希求能找到黑犬的下落。

《國民新聞》：在翻越日本阿爾卑斯山時，曾一度失聯的三名第一高等學校學生，八月七日已安全抵達上高地溫泉。他們是在穗高山與槍岳之間迷失方向，加上連日來的暴風雨，帳篷與口糧盡失，幾乎失去了生還的念頭。然而，正當三人徘徊於溪谷，走投無路之際，不知從哪兒出現一隻黑犬，宛如嚮導一般在前方帶路。一行人尾隨其後，跋涉了一天左右，終於抵達上高地。根據當事人描述，那隻黑犬往下方俯瞰，一見到溫泉旅館之屋頂，便歡呼大叫一聲，隨即消失在來時的山白竹叢中。他們三人深信，這隻黑犬應是神明派來保護他們的使者。

《時事新報》：名古屋市九月十三日發生大火，奪走十餘條人命，市長橫關先生也幾乎失去愛子。因家人疏忽，他的公子武矩（三歲）被遺忘在大火延燒的二樓，眼看就要葬身火窟之中。說時遲那時快，一隻黑犬將男孩叼出火場。市長隨即下令，名古屋市區範圍之內，今後一律禁止撲殺野犬。

《讀賣新聞》：宮城巡迴動物園於小田原町內公園展出，連日來參觀的民眾相當踴躍。十月二十五日下午二時許，該動物園一頭產自西伯利亞的大狼，突然破壞了堅固的獸檻，咬傷兩名看管的工作人員，並且逃往箱根方向。小田原署為此採取緊急動員，於全町內部署警戒。下午四時半左右，逃走的狼出現在十字町，與一隻黑犬展開互咬。黑犬拼死命與之對抗，經歷一番惡戰苦鬥，終於將對手咬到仆倒在地。執勤之巡警亦趕上前去，立即開槍將狼擊斃。那隻狼叫做盧布斯．吉甘迪克斯，是屬於性格極為凶猛的品種。又及，宮城動物園園長認為用槍殺死狼是不當正為，揚言要到法院控告小田原署長云云。

五

某個秋天的深夜，身心俱疲的小白回到主人的家。當然小姐和少爺這時早已入睡。沒錯，現在家中大概沒有一個人是醒著的。在靜謐的後院草坪的上方，有一輪明月浮現在高高的棕櫚樹梢上。小白全身被露水浸濕了，於是趴在牠從前窩著的狗屋前小歇一會兒。在寂靜的月亮陪伴下，開始像這樣自言自語起來。

「月亮啊！月亮！我曾對小黑見死不救。我想，大概就是因為這個緣故，我的身體才會變成一團黑的。可是自從我和小姐少爺分別以來，我努力地衝破種種危險奮戰到今天，那是因為每當我看見自己如煤炭般漆黑的身體，就會對於自己的膽怯感到可恥，由於非常厭惡這一身黑的軀體——甚至想送掉這條命，像是縱身跳進火中，或是和惡狼奮戰。然而不可思議的是，不管遭遇多大的強敵也無法奪去我這條命。連死神看見我這張臉也不知逃到哪兒去了。因為太痛苦了，所以我決心要自殺。但是在自殺之前，還是想見見曾經疼愛過我的主人。想也知道小姐和少爺要是看見我的模樣，一定又會把我當成是野狗。搞不好少爺還會拿起球棒把我打死。即使如此我也心甘情願。月亮啊！月亮！我好想再見主人一面，我只有這個願望希望能達成。所以今晚才會大老遠地回到這裡來，就等天一亮，請務必讓我與小姐少爺見上一面吧。」

小白自言自語結束後，把下巴伸向草坪，不知不覺進入了夢鄉。

×

「春夫，好奇怪吶！」

「姊姊，怎麼了嗎？」

小白聽見小主人的聲音，突然驚醒睜開眼一看，是小姐和少爺站在狗屋前，滿臉狐疑地看著彼此。小白一度抬起眼睛，又垂下目光望著草坪。小白變黑的時候，小姐和少爺臉上的表情也是如此詫異。一想起那時的悲傷，自己在此時回來，不免感到有些後悔。就在這個時候，少爺突然跳了起來，大聲地這麼喊道：

「爸爸！媽媽！小白又回來啦！」

小白！

連小白也不禁跳了起來。小姐誤以為牠要逃跑，便伸出雙手緊緊地按著小白的脖子，同時小白也轉頭凝望小姐，從小姐的眼中清楚地映照出狗屋的形狀。就是在那高高的棕櫚樹下那個奶油色的狗屋——這是無庸置疑的。但是在那狗屋前面坐著一隻米粒般大小的白狗，乾淨而優雅，小白出神地望著這隻狗的身影。

「哎呀，小白怎麼哭了。」

小姐緊緊抱住小白，抬頭看著少爺。至於少爺嘛，你瞧，他可頑皮得很。

「咦，怎麼姊姊也哭紅了鼻子？」

火神阿耆尼

一

故事發生在中國上海的某個街道上。即便白晝也昏暗無比的一戶人家的二樓，一個面目猙獰的印度老太婆和看上去商人模樣的一名美國人正熱烈地商量些什麼。

「老實說，這次來也是想請阿婆為我卜個卦。」

美國人如此說著，重新點燃他手裡的一支菸。

「卜卦是嗎？我現在已經不再給人算命了。」

老太婆用嘲諷的語氣，眼睛滴溜溜地看著對方的臉。

「最近啊，就算煞費苦心給人算命也收不到像樣的謝禮，像你這樣的人我見多了。」

「我當然會酬謝您的。」

美國人毫不吝嗇地把一張三百美元的支票扔到老太婆的面前。

「這點小意思暫且先收下，若是阿婆占卜真的很準，還會有額外的謝禮……」

老太婆看著三百美元的支票，態度一下子變得很熱情。

「收到如此豐厚的謝禮，反而讓我有點難為情。——不過，話說回來，你到底想問些什麼呢？」

「我想要您幫忙算的是……」

美國人嘴上叼著菸，浮現出狡猾的微笑。

「美國和日本到底何時會爆發戰爭。要是能預先知道正確的時間，我們這些商人就能在短時間內大發一筆橫財了。」

「那麼請您明日再過來吧。在那之前我會先占卜好。」

「這樣啊。千萬可別算錯喔……」

印度老太婆一副得意洋洋地昂起了胸膛。

「說起我占的卦，五十年來從不曾有半點兒差池。要知道，那可是火神阿耆尼賜給我的神諭呢。」

待美國人離去之後，老太婆走到鄰屋的門口大聲呼叫。

「惠蓮！惠蓮！」

應聲而出的是一位美麗的中國女子。她看起來似乎很憔悴的樣子，或許是飽經磨難吧，看她下方微微隆起的臉頰，呈現出蠟黃般的色澤。

「還在那裡磨磨蹭蹭些什麼啊？真是沒有比妳更厚顏無恥的女人了，八成又在廚房打盹或趁空檔偷懶對吧？」

惠蓮不管怎麼被斥責，始終低著頭默默地不發一語。

「妳給我聽明白了。隔了好久，今晚終於又要向火神阿耆尼請示神諭，妳給我好好地在旁邊待著，做好一切的準備。」

女子用悲傷的眼神望向老太婆黝黑的臉。

「是今夜嗎？」

「今夜十二點。知道了嗎？千萬別忘了喲。」

印度老太婆就像威脅人似地舉起了手指。

「如果這次妳又像上次那樣給我添麻煩的話，妳就會沒命！聽見沒有。像妳這種貨色，我要是想殺人，就像掐死一隻小雞般易如反掌……」

說著說著老太婆突然眉頭一皺，不意間想起了惠蓮並望向她，就在此時，惠蓮不知何時已經去到窗邊，從明亮的玻璃窗眺望冷清落寞的大街。

「妳在看些什麼？」

惠蓮的臉色更顯蒼白了，她再一次看著老太婆的臉。

「好啊、好啊，妳竟然把我當笨蛋，看來妳受到的教訓還不夠呢。」

老太婆頓時怒目相向，殺氣騰騰地抄起手邊的掃帚作勢要打她。

就在這節骨眼上，好像有人來到了門口，急促的敲門聲催魂似的粗暴起來。

二

那天就在同一時刻，一名年輕的日本人剛好途經這棟房子。他瞥見中國女孩從二樓的窗戶探出頭來，於是茫然地在原地愣了好一會兒，才回過神來。

恰好這時候有一名上了年紀的中國人力車夫行經此地。

「喂、喂，你知道那棟二樓上住的是誰嗎？」

日本人唐突地向人力車夫詢問。中國人的手裡握著車轅，往高高的二樓瞧了一眼，怯生生地回答：「您說那上面啊？那裡住的是一位叫什麼來著的印度老太婆。」說完便匆匆離去，一刻也不停留。

「且慢，等等我。你說那老太婆是做什麼買賣的啊？」

「她是給人算命的占卜師。不過，聽附近的街坊鄰居說，她還善於施魔法。總之，想保命的話，奉勸你沒事別去招惹她比較好。」

中國人車夫離開之後，那個日本人還抱著雙手，思忖著接下來該採取怎樣的行動，但沒多久他便下定了決心，朝著那棟房子快步行去。此時，突然傳來老太婆的咒罵聲混雜著中國女孩的哭泣聲。一聽見哭聲，日本人便不假思索，三步併作兩步，沿著昏暗的梯子一鼓作氣衝上去，接著使勁地狂敲老太婆的門。

門立刻打開來，但是日本人往裡面一瞧，只見印度老太婆一人站在那兒，中國女孩或許是被藏入哪個房間吧，連個人影也沒瞧見。
「請問有何貴幹？」
老太婆滿腹狐疑地將對方的臉仔細打量一遍。
「敢問您是占卜師？」
日本人交叉著雙臂，回瞪了老太婆一眼。
「是的。」
「既然如此，不用問應該也知道我的來意吧？我有一事想請您替我算個卦。」
「你想問些什麼呢？」
老太婆愈加露出懷疑的表情，留神觀察日本人的一舉一動。
「我主人家的小姐，從去年春天就失蹤了，至今下落未明。想請您算個卦……」
日本人一字一句說得鏗鏘有力。
「我的主人是派駐香港的日本領事。小姐的芳名叫做妙子。至於我嘛，就是一介書生，叫我遠藤就好。──怎麼樣？請問現在小姐人在哪兒。」

遠藤一邊說著，一邊伸手從上衣掏出原先暗藏的一把手槍。

「不是在這附近嗎？根據香港的警察署調查的結果，小姐好像是被印度人擄走的。——倘若知情不報，是不會有好下場的。」

果然薑是老的辣，印度老太婆聽完他的話，並沒有露出半點畏怖的表情，反倒是嘴角揚起那種帶有輕蔑的微笑。

「你胡說些什麼？那樣的千金小姐，我可從來沒見過。」

「分明是撒謊！剛才從窗子探出頭來的女孩，肯定就是我家小姐妙子。」

遠藤一手握著手槍，另一手指著隔壁房間的門口。

「如此，妳還想狡辯，快把裡面的中國人帶出來。」

「那是我的養女。」

老太婆仍舊嘲諷似地發出冷笑。

「是不是養女，我一眼就認得出來。妳如果不把她帶出來，我只好自個兒進去看。」

正當遠藤準備踏進隔壁的房間，老太婆冷不防地搶在他前面，整個人擋在房間的門口。

「這是我的房子，豈能由你這陌生人隨隨便便闖進來。」

「快讓開，不讓開的話，小心我開槍殺人了！」

遠藤舉起了手槍。不，就在他準備舉起手槍的一剎那，老太婆發出烏鴉般異常尖銳的叫聲，遠藤像是全身被電擊似的，手槍陡然從手中掉落下來。或許是因為突如其來的驚嚇，使得平日英勇無畏的遠藤此刻也一臉迷惑地環顧著四周，很快他又鼓起勇氣，一邊罵道：「妳這個害人不淺的老妖婆！」一邊如猛虎般撲向老太婆。

可老太婆也不是省油的燈，只見她輕巧地轉過身，隨即拿起角落的掃帚，將地板上的垃圾堆，用力一揮打在遠藤的臉上，瞬時間，那些垃圾全化作火花，紛飛撒落在遠藤的臉上，燒灼著他的眼睛和嘴巴，只聽見他痛得哇哇大叫。

這下子，遠藤已然招架不住，被火花的旋風糾纏追逐著，連滾帶爬狼狽地逃了出去。

三

那一夜接近十二點左右，遠藤獨自佇立在老太婆的房子前面，心有不甘地眺望著映照在二樓玻璃窗忽明忽滅的火光。

「好不容易得知小姐的下落，卻無法從妖婆手中營救出來，真是可惜。不如乾脆去報警吧？不行，不行，在香港已經受夠了中國警察溫吞散漫的辦案風格，實在教人難以信任。萬一這次又讓她逃掉，想要再找到她可要費上一番工夫。要對付那個老妖婆，看來手槍完全派不上用場……」

遠藤如此這般盤算著，突然有一張紙片從高高的二樓窗戶緩緩地飄落下來。

「咦，有紙片飄落下來——莫非是小姐的求救信？」

遠藤自言自語著，順手將那紙片撿起來，取出懷中的手電筒照看，發現紙片上彷彿快要消失的鉛筆字，確實是妙子的筆跡沒錯。

遠藤先生。這個家的老婆婆是個很恐怖的女巫。有時候會在深夜時分，讓名為阿耆尼的印度教火神降乩在我身上。被火神附體的那段期間，我整個人像死去一般毫無知覺。所以根本不知道究竟發生了什麼事，依照老婆婆的說法，火神阿耆尼貌似透過我的嘴巴說出諸般的預言。今夜十二點，老婆婆又會將火神阿耆尼附在我身上。如果按照以往的慣例，我會隨著老婆婆施法逐漸昏迷，接著就不省人事了。

但是今夜我會趁著還沒有失去意識的時候，佯裝中了魔法。然後，我會對老婆婆說：要是不讓女孩回到她父親身邊的話，火神阿耆尼就會把她殺了。因為老婆婆很害怕火神阿耆尼，所以聽到那樣的話之後必定言聽計從，把我送回去父親那裡。求求你，明天早上再過來一趟，除此以外，再也找不到更好的方法能夠脫離老婆婆的魔掌。再見了！

遠藤讀完這封信，看了一下懷錶，時針還差五分鐘就十二點了。

「眼看著快要十二點鐘，對手是厲害的老妖婆，小姐卻還是個小孩子，要是運氣不好的話，這事情恐怕……」

遠藤話音未落，作法的儀式已經開始進行了。剛才還明亮的二樓窗戶，如今突然暗了下來，同時不知從哪裡傳出一股不可思議的檀香味，幾乎可以滲入街道上鋪路石的縫隙間。

四

與此同時，印度老太婆在油燈已熄滅的二樓房間裡，一邊翻開桌上的魔法書一邊不停地誦念咒語。在香爐中的火光映照下，即使在黑暗中魔法書上的文字也依稀可見。

在老婆婆的面前，憂心忡忡的惠蓮——不對，是被迫穿著中國服裝的妙子，她一動也不動地坐在椅子上。剛才從窗戶扔出去的信件，已經平安抵達遠藤的手上了嗎？那時在大街上看到的人影，想來應是遠藤先生沒錯，沒準兒看錯了人也說不定吧？——想著想著妙子不由得坐立難安。倘若一不留神，讓老太婆看出她的意圖，露出了馬腳，恐怕今夜從這個可怕的女巫家中逃跑的計畫就會被當場識破。所以妙子拼命緊握著顫抖的雙手，就像事前預想的那樣，屏息以待裝作被火神阿耆尼附身的關鍵時刻到來。

老婆婆念完咒語後，就圍著妙子一邊繞圈，一邊做出各種手勢。時而佇立在妙子面前，將雙手向左右兩邊舉起；時而轉身來到妙子的後面，就像是玩著蒙眼遊戲一般，悄悄地把手放在妙子的額頭上。倘若這時候有人從房子外邊看見老太婆這副模樣，肯定以為是隻大蝙蝠或者其他什麼東西在蒼白的爐火中來回飛舞吧。

在這段時間裡，妙子如同往常一般，睡意逐漸地湧上來。但這時候要是睡著的話，就錯失了實行計畫難得的好機會，如果這個計畫無法如願實行，就不可能再回到父親的身邊了。

「日本的眾神呀，請你們保佑我不要睡著！如果我能夠再一次，哪怕是只有一次，能夠看一眼我父親的臉的話，要我立刻去死也心甘情願。日本的眾神呀，請賜予我力量順利把老婆婆矇騙過去吧。」

妙子在心中不斷真誠地祈禱著。但是睡意卻愈來愈強烈地包裹住她。與此同時，妙子開始隱隱約約聽到彷彿有人在敲打銅鑼似的，來路不明的音樂聲。這是以往火神阿耆尼從天而降時必然會響起的聲音。

此刻，無論妙子再怎麼忍耐，都無法抵擋狂襲的睡意。如今，香爐的火光與印度老太婆的身影，像是噩夢即將醒來一樣，漸漸消失在她的眼前。

「火神阿耆尼，火神阿耆尼，請祢聆聽我說的話。」

不久，那個女巫便匍匐在地板上，發出了沙啞的聲音，這時候，妙子儘管還坐在椅子上，但不知不覺已昏沉睡去，壓根兒不曉得自己是生還是死。

五

不用說妙子，就連老太婆也不想讓任何人見到她施展魔法的模樣，然而事與願違，事實上就在房間外面，有個人透過房門的鑰匙孔正窺看著一切。那人究竟是誰？——不用說也知道，就是書生遠藤。

遠藤看見妙子的紙條，在大街上站了一會兒，也有想過就在原地站到天亮，但一想到小姐的安危，就怎麼也無法冷靜下來。最後就像是小偷一樣，悄悄地潛入老太婆的家中，趕緊來到二樓的房門口，從剛才就一直觀察著房裡的動靜，絲毫不敢有所懈怠。

但是與其說是偷窺，因為是透過鑰匙孔往裡邊窺看，好不容易才看見沐浴在蒼白的爐火中宛如死人般妙子的臉，在有限的範圍內只能見到這樣的畫面，其他像是桌子啦，魔法書啦，或是匍匐在地的老太婆身影，這些遠藤是看不見的，但老太婆沙啞的聲音則是如探囊取物般清晰可聞。

「火神阿耆尼，火神阿耆尼，請祢聆聽我說的話。」

老太婆剛說完，就聽見緊閉雙眼的妙子——她端坐在椅子上紋風不動，彷彿已經沒有了呼吸——突然開口說話。而且那聲音聽起來一點也不會讓人聯想到少女的妙子，是相當粗野的男人聲音。

「不，我才不會答應妳的要求咧。妳背棄了我的諄諄告誡，淨是幹些害人不淺的勾當。我打算從今夜就拋棄妳，不僅如此，我還打算針對妳犯下的錯進行嚴厲的懲罰。」

或許沒料到會發生這種事，老太婆一時之間驚呆了，好一會兒都說不出話來，只是發出喘息一般的聲音，但是，妙子不等老太婆開口，又正言厲色地繼續往下說。

「妳從一位可憐的父親手裡，將這名女孩搶了過來。要是還想活命的話，最好趁今夜將這女孩還回去吧。」

遠藤把眼睛貼在鑰匙孔上，靜待老太婆的回答。沒想到這時候老太婆非但沒有害怕，反而突然站在妙子的面前，露出了非常可憎的笑容。

「把人當傻瓜也該有個限度！妳以為我是誰啊。我還沒有老到可以被妳騙倒的地步，教我把妳還給妳父親——我又不是警察局長，怎能忍受火神阿耆尼吩咐我這樣的差事呢？」

也不知道老婆婆從哪裡掏出來的，只見她手上拿著一把匕首，朝閉著眼睛的妙子的臉上一刀捅了過去。

「快點從實招來。妳只不過是借用火神阿耆尼的聲音在裝神弄鬼，別以為我傻傻地看不出來。」

從剛才就一直在偷看的遠藤，也不確定妙子實際上是真的睡著了，還是在裝睡。所以當遠藤見到了眼前這一幕，怕是行跡敗露了吧，不由得心跳加速起來。這時候，妙子依然閉著眼睛，一動也不動地，用嘲笑的口吻繼續說。

「死到臨頭還嘴硬，看來妳是不想活了。妳覺得我的嗓音聽起來是人類的聲音嗎？就算我的嗓音很低沉，那也是在天上業火熊熊燃燒的聲音。難道妳連這也不明白？不明白的話，就隨妳高興吧。我只想問妳一句，妳要立刻把這女孩送回去？還是膽敢違抗我的吩咐，決心一意孤行？」

這時，老太婆顯得有些躊躇，但立馬又恢復了勇氣，只見她一手握著匕首，一手抓著妙子脖子後面的頭髮，朝著自己的方向猛拽過來，怒聲叱道：

「妳這個小魔女。還是如此頑固，不想聽話是吧。好，好，那麼就如同我剛才說的，就要了妳這條小命！」

老太婆揮舞著刀，要是再遲一分鐘，妙子就沒命了。遠藤立即站起身，打算用蠻力撞開上鎖的門。可是，房門卻不是那麼容易被破壞的。無論他如何使命地捶打，也只是徒增手上的皮肉傷，而房門則依舊堅不可摧。

六

沒多久，陰暗的屋子裡突然響起了某人的尖叫聲。隨即聽見有人哐噹一聲倒在地板上。遠藤發瘋似地喊著妙子的名字，將所有的力氣凝聚在肩膀上，一次又一次地朝房門衝撞而去。

伴隨著木板破裂和門鎖被撞飛的巨大聲響，房門終於被撞開了。如今最關鍵的是房內的情況，香爐上的蒼白火光依然熊熊燃燒著，周圍一片死寂，感覺不到生人的氣息。

循著火光的方向，遠藤小心翼翼地環顧了一下四周，立刻映入眼簾的當然是一動也不動，坐在椅子上像死人一樣的妙子。不知為何，在遠藤看來妙子的頭上像是有光環一般，有著肅然起敬的莊嚴感。

「小姐！小姐！」

遠藤走到椅子旁邊，把嘴巴湊近妙子的耳朵，拼命地叫喊著。但是，妙子仍然緊閉著雙眼，一句話也不說。

「小姐！快醒醒！我是遠藤。」
妙子這時才如夢初醒般，微微睜開了眼睛。
「是遠藤先生？」
「是我。我是遠藤。已經沒事了，妳儘管放心。動作快，我們得趕緊逃出這個鬼地方。」
妙子的意識仍未清醒，宛如夢中一般發出微弱的聲音。
「計畫失敗了。因為不知不覺中我還是睡著了，請原諒我吧。」
「計畫敗露並不是妳的錯。妳不是履行先前的約定，佯裝被火神阿耆尼附身了嗎？——現在別管那些了。我們還是快點逃吧。」
遠藤迫不及待地把妙子從椅子上抱了起來。
「你騙人。我不小心睡著了，所以到底說了些什麼，根本不可能知道呀。」
妙子依偎在遠藤的懷裡，喃喃自語地說道。
「計畫已經失敗了，我是不可能逃出老婆婆的魔掌。」
「哪有這種事？跟我一起走吧，要是這次逃不出去就慘了。」

「老婆婆不是還在嗎？」

「老婆婆？」

遠藤再一次環視房間的四周，桌上的魔法書像剛才一樣攤開著，桌子底下仰面倒下的不是別人，正是那個用法術害人的印度老妖婆。而老婆婆出乎意料將匕首刺向自己的胸口，並維持著這樣的姿勢死在血泊之中。

「老婆婆怎麼會？」

「她死了。」

妙子抬頭看著遠藤，美麗的蛾眉深鎖。

「我什麼也不知道喏。莫非是遠藤先生——你殺死老婆婆的吧？」

遠藤的目光從老妖婆的屍骸上移到妙子的臉龐，就在這一瞬間，他豁然明白了一切。今夜的計畫確實失敗了——但倘若老妖婆為此喪了命，那麼妙子不就可以平安回家了嗎？——命運的力量竟是如此不可思議。

「不是我殺的，殺死老妖婆的是今夜降臨至此的火神阿耆尼。」

遠藤抱著妙子，神情肅穆地喃喃自語。

菸草與魔鬼

菸草這種植物，並不是日本固有的，那麼究竟何時從國外引進日本呢？關於年代，史料記載說法不一，有的說是慶長年間，有的說是天文年間。到了慶長十年，好像全國各地都在栽培了，文祿年間，吸菸已經普及，甚至還出現了這麼一首諷刺詩：「聞所未聞禁菸令，擺明只是禁錢令，天皇御旨無人聽，醫者看病也不靈。」

菸草又是透過誰的手帶到日本的呢？舉凡歷史學家都會回答說，是葡萄牙人或是西班牙人，這絕非唯一的答案。此外，還有一種流傳的說法，說菸草是魔鬼不曉得從什麼地方帶進來的。而且，那個魔鬼是天主教的神父（多半是聖方濟的司鐸）千里迢迢帶到日本來。

這麼說來，天主教的信徒或許會怪罪我誣蔑他們的神父。但，依我而言，事實似乎確是如此。怎麼說呢，因為南蠻的神明引進日本的同時，南蠻的魔鬼亦隨之到來——輸入西洋的善，同時也輸入西洋的惡，這是天經地義的事。

但實際上，魔鬼是否真的帶來菸草，這點連我也不敢保證。阿納托爾．法郎士[1]的著作曾提及，魔鬼曾企圖用木樨花的香氣來誘惑某位修士。由此可見，魔鬼把菸草帶來日本的說法，並非空穴來風。就算文字描述是虛構的，在某種意義上也許意想不到地接近真實呢。基於上述的理由，我嘗試在此記錄一則有關輸入菸草的傳說。

×

天文十八年，魔鬼化作聖方濟．沙勿略身旁的一名傳教士，經過漫長的海上旅程，平安無事抵達日本。魔鬼之所以能化作傳教士，是因為傳教士在天川港或不知何處的港口上岸，而載著一行人的黑船[2]渾然未知的情況下就揚帆而去，把傳教士獨自留在岸上。原本魔鬼一直將尾巴捲在船桁上，以倒掛的姿態悄悄窺視船上的動靜。於是，搖身一變，他就化作那名傳教士，跟在聖方濟的身旁伺候他的起居，當然，要是這名男子前去探訪浮士德博士，想必也會化身成身穿體面紅色外套的騎士，這點小把戲對他而言，根本是易如反掌。

可是來到了日本一瞧，跟他在西洋讀過的《馬可．波羅遊記》書中所描述的有很大的落差。首先，遊記裡把這個國家描述得像是遍地布滿黃金，但不管走到哪兒都不曾見到如此景象。由此看來，只消用指尖搓一搓十字架，把它變成黃金，便能成功地誘惑當地老百姓。馬可．波羅還說，日本憑藉著珍珠之類的力量，得到起死回生的祕法。這恐怕也是胡謅的，既然是瞎扯，只要見到井，往井裡吐口水，讓疫病蔓延開來，大多數人都會深受痛苦的折磨，以至於把死後上天堂的事忘得一乾二淨。——魔鬼裝作一副虔誠的模樣，跟在聖方濟的後頭四處參觀，心裡這麼想著，志得意滿地微笑起來。

---

1 阿納托爾．法郎士（Anatole France，一八四四—一九二四），法國小說家，一九二一年諾貝爾文學獎得主。

2 黑船，指江戶時代來自歐洲的蒸汽船。

唯獨有件事不好搞定，連魔鬼也莫可奈何，聖方濟・沙勿略初來乍到，天主教還未傳開，連一個信徒都沒有，魔鬼自然也使不上力，感到頗為苦惱。尷尬的是，眼下百無聊賴，不知該如何打發時間才好。

於是魔鬼左思右想，打算先種些花草來消磨時光。離開西洋時，早已在耳朵裡塞滿各類植物的種子。至於種在哪兒好，在附近借畝地不就解決了。此舉連聖方濟上人也大為讚許。自不待言，上人只當作是自己身邊的這名傳教士，想在日本移植些西洋藥用植物什麼的，也沒去想太多。

魔鬼馬上借來鋤頭和鐵鍬，耐著性子耕起路旁的田來。

正值水氣充足的初春時節，隔著漫漶的霧靄深處，傳來遠處寺院沉睡般的鐘聲，那鐘聲是如此清幽，不似西洋教堂的鐘那樣嘹亮、震天價響。那魔鬼是否在一片祥和的景象中，心情感到輕鬆愉悅呢，其實並沒有。

魔鬼一聽到這梵鐘的聲響，馬上皺起眉頭，比聽到聖保羅教堂的鐘聲更覺得不舒服，他便死命地往田裡翻土，因為他知道人們一旦聽到這徐徐的鐘聲，心情就會不可思議地鬆弛下來，彷彿沐浴在溫暖的陽光下，既不想行善，也不想作惡。魔鬼特意渡海來想要誘惑日本人，這樣豈不是白費心機了嗎？魔鬼最討厭勞動了，以至於手掌上沒有長繭，像是被伊凡妹妹[3]責罵那樣，他使出渾身解數，辛勤地拿著鐵鍬幹活所為何來，純粹只是想驅趕纏繞在他身上那道德的眠氣罷了，才會如此拼命勞動。

魔鬼花了數日的工夫，終於把田地整理完畢，然後把藏在耳朵裡的種子撒在畦中，靜待種子發芽的時刻。

×

在那之後，又過了幾個月，魔鬼撒下的種子發芽，長出莖來，到了該年的夏末，幅員廣闊的綠葉將田裡的土完全覆蓋住，連一點空隙也沒留下。但是無人知曉這種植物的名稱。連聖方濟上人親自問魔鬼，魔鬼也只是咧嘴笑而不答，沉默以對。

在此期間，這植物的莖部上方，開出一簇簇的花朵，是漏斗形狀淡紫色的花，

3 伊凡妹妹，俄國小說家托爾斯泰的童話故事《傻子伊凡》的登場角色。凡是到她哥哥伊凡家來吃飯的客人，她都要檢查一下他們的手掌，沒有長繭的不許入座。

大概是魔鬼處心積慮地栽種這些植物，因此看到花開了，整個人喜出望外。不論晨禱或晚禱後，魔鬼有空就來到田裡，不遺餘力繼續栽培那些植物。

於是乎，某天（這事情恰好發生在聖方濟外出去傳教的那幾天）一名牛販牽了一頭黃牛從田邊經過。抬頭一瞧，眼見身穿黑袍、頭戴寬邊帽的南蠻傳教士在籬笆內紫花盛開的田裡，正埋首挑出附著在葉片上的蟲子。那紫色的花實在罕見，牛販不由得停下腳步，摘下斗笠，畢恭畢敬地向那名傳教士打招呼。

「嗨，神父大人，請問那是什麼花呀？」

傳教士回過頭來，他是個紅毛人，矮鼻子，小眼睛，一看就是個好人。

「你說這個嗎？」

「是啊。」

紅毛人斜倚在籬笆上，搖了搖頭。接著用不熟練的日語說：

「真是對不住，這名字啊我無可奉告。」

「難不成是聖方濟大人不許你說出去是嗎？」

「不，並不是那樣。」

「那能否告訴我它的名字，最近我也受到聖方濟大人的教化，跟隨他信了教，你瞧！」

牛販得意地指著自己胸前。果不其然，他的脖子掛了個黃銅的十字架，在陽光下或許過於耀眼奪目吧，傳教士皺了皺眉，低下頭去，很快又用比先前更和藹的語氣半開玩笑地說：

「那可不成，這是敝國的規定，不許告訴別人，與其如此，你不妨試著猜一猜，日本人那麼總明，肯定猜得到吧，要是你猜中的話，這田裡生長的作物，全數都歸你。」

牛販還以為傳教士跟自己鬧著玩的，他那張被太陽曬黑的臉上浮現微笑，還刻意使勁地歪著腦袋說：

「到底是什麼？一時片刻猜不出來咧。」

「用不著趕著今天就猜出來，你有三天的時間可以好好思索，問別人也沒關係，要是猜中了，全部都送給你，此外送你紅酒，要不就送你一張伊甸園的輿圖吧。」

牛販似乎因為對方太過熱情感到訝異不已。

「那如果猜不中的話，該如何是好？」

傳教士把帽子重新戴上，甩了甩手，笑了出來。他的笑聲像烏鴉發出的聲音那般尖銳刺耳。牛販感到有點不大對勁，但又說不上來哪裡怪怪的。

「要是猜不著，我就跟你拿點什麼吧，當作咱倆在打賭，看是猜得著還是猜不著，反正就賭這一次，要是猜中了，全部都歸你。」紅毛人說著說著，說話的語調又變得溫和許多。

「好吧，那我也乾脆一點，你要什麼，就給你什麼。」

「此話當真？連牛都願意給嗎？」

「要是不嫌棄的話，現在就給你。」

牛販一邊笑著，一邊撫摸黃牛的額頭。他大概心裡想著，這個面善心慈的傳教士，八成只是跟他鬧著玩的，倒也沒放在心上。

「要是我贏了的話，那片開花的田地就歸我的。」

「好的，沒問題，我答應你。」

「那就一言為定，以主耶穌基督之名發誓。」

傳教士聞罷，小眼睛閃現光芒，很滿意地低哼了兩、三聲。他右手扠腰，略微挺起胸膛，左手摸了摸身旁盛開的紫花說道：

「要是猜不中的話，我就要奪走你的肉體和靈魂。」

紅毛人如此說著，便掄起巨大的手臂，摘下帽子來，蓬亂的頭髮裡，長著兩只山羊般的大犄角。牛販見狀，不禁臉色大變，失手將斗笠掉落在地上。也許是太陽西斜的緣故，田地裡的花朵和葉片一時之間失去了光澤，連牛也不知道被什麼給懾住了，低垂著犄角，發出地鳴般低沉的哞叫聲。

「你既然答應了，就要信守承諾。你不是以我忌諱的那個名號發了誓，不要忘了期限是三天，那麼到時候見嘍。」

魔鬼以瞧不起人的、假裝恭敬的語氣如此說著，並且很有禮貌地向牛販深深鞠了個躬。

×

牛販這時才後悔，不該輕忽大意，上了魔鬼的當。照目前的情形發展下去，遲早會被那個魔鬼給抓走，肉體與靈魂都會在永無止息的地獄烈火中燃燒，如此一來，不就等於白白放棄了過去的信仰，而受洗的意義也沒有了。

不過他既然靠著主耶穌基督之名發過誓，就得信守承諾。當然如果有聖方濟上人在場，好歹也能幫他拿個主意，偏偏這麼不湊巧，他如今外出中。要怎樣才能將計就計，不讓魔鬼的詭計得逞呢？他夜不成眠，足足想了三天。為了能夠贏得這場賭注，他非得設法去了解那個植物的名稱，但是連聖方濟上人也不曉得，眼下又有誰會知道呢？

就在期限將至的那天夜晚，牛販終於牽著黃牛，悄悄走到傳教士住的屋舍旁。那棟屋舍挨著田地，屋前就是大馬路。走近一瞧，傳教士似乎已經睡著了，窗戶裡連燈光也沒有，屋內是漆黑一片。雖有月光，卻是個朦朧陰沉的夜晚，田地裡靜謐無聲，幽暗中依稀到處可見紫花寂寥的影子。原來牛販心生一計，雖然沒什麼萬全的把握，勉強打起精神，躡手躡腳來到這裡。見到這片萬籟俱寂的景致，令人心生畏懼，他原本想乾脆放棄，就這樣回去算了。尤其想到那位長著山羊般犄角的仁兄正在那扇門後，做著地獄的美夢，牛販好不容易鼓起的勇氣又消散了。但轉念一想，怎麼能夠將自己的肉體和靈魂交給魔鬼，還未到最後關頭，絕不能輕言放棄啊。

於是牛販一邊祈求聖母瑪利亞的庇佑，一邊毅然決然地實行早已預想好的計畫，就是把他牽著的黃牛身上的韁繩解下來，在牛屁股上狠狠打了一下，把牛趕到生長著紫花的田地裡去。

牛因為屁股被打得疼痛難受，就猛地彈跳起來，撞壞了籬笆，在田地踩得稀巴爛，還用牠的犄角不止一、兩次撞上屋舍的牆板上，蹄聲與宏亮的哞叫聲響徹四方，驅散了夜裡的薄霧。這時候，有人打開了窗戶，從裡頭露出臉來。因為夜色很暗，看不清那人的長相，但肯定是幻化成傳教士的魔鬼沒錯，只覺得透過黑暗他頭上的犄角依舊清晰可辨。

「這畜生，幹嘛來破壞我的菸草田！」

魔鬼一邊揮手作勢驅趕，一邊用含眠的聲音大聲嚷著，八成是剛睡著就被聲音給吵醒，氣急敗壞又頻頻呵欠連連。

剛才的光景被躲在田地後方的牛販窺看得一清二楚，魔鬼發出的怒斥聲，響在他耳裡聽起來就像是主耶穌的福音。

「這畜生，幹嘛來破壞我的菸草田！」

×

跟所有同類型的故事一樣，這故事也結束得十分圓滿。也就是說，牛販順利地猜中菸草這個名字，以智取的方式贏了魔鬼，並且把菸草田生長的作物全部據為己有。

但我從以前就一直懷疑這則傳說，搞不好有著更深層的意涵，為何這麼說呢？因為魔鬼雖未成功地將牛販的肉體和靈魂奪去，卻促使菸草得以遍布日本全國各地，如此說來，就另一層面而言，牛販的獲救伴隨著精神上的墮落，而魔鬼的失敗，卻意味著他的詭計得逞不是嗎？魔鬼就連摔個跤，也不會輕易地站起來的，當人們自以為戰勝了魔鬼的誘惑同時，說不定已經中了他的圈套而渾然未知。

順帶一提，關於魔鬼後來的下落。聖方濟上人剛回到這裡，就利用他手裡權杖的神聖威力將魔鬼從當地驅逐出去。但是從那以後，魔鬼似乎依舊化作傳教士的模樣到處流浪。還有關於建立南蠻寺的期間，他經常出入京都的史料記載呢。也有關於愚弄松永彈正[4]的果心居士，其實就是魔鬼化身這樣的說法，這點，小泉八雲[5]先生在他的著作中也有提及，在此就不多加贅述了。接著，自豐臣、德川兩氏禁傳外教以來，起初魔鬼還有現蹤，後來就完全離開了日本。關於魔鬼的記載，大致就寫到這裡為止。明治以後，魔鬼再度來到日本，但實際的行動如何毫無所悉，對此我深表遺憾。

4 松永彈正（一五一〇—一五七七），即松永久秀，為日本室町時代末期的武將。
5 小泉八雲（一八五〇—一九〇四），小說家，代表作為《怪談》。

輯二　無常

生死事大。無常迅速。

偷盜

一

「阿婆、豬熊[1]的阿婆。」

在朱雀大街與綾小路交叉的十字路口，那個穿著樸素的深藍色獵衣，頭戴軟烏紗帽，約莫二十歲左右，醜惡、獨眼的武士，揚起平骨扇子，喊住了正從這邊經過的老太婆。

那是七月某個日正當中的時刻，悶熱且飄浮著夏日雲霞的天空，宛如屏氣凝神地，覆蓋在家家戶戶的屋頂上。男子駐足的十字路口，有一株細長的柳樹，枝條扶疏，像是也染上最近流行的傳染病，瘦骨嶙峋的陰影落在地面上，這兒連吹動陽光曬乾葉子的風也感覺不到，更何況被烈日曝曬的大街上。許是酷熱難耐吧，街上幾乎不見人影，只有剛才經過的牛車留下長長兩道蜿蜒的輸痕，還有被那車輪輾死的小蛇。傷口發青的小蛇，起先不斷地抽動著尾巴，不一會兒工夫，多脂的腹部翻過來朝上，逐漸地一動也不動了。放眼望去，如此炎熱塵埃瀰漫的這個十字路口，要說有什麼一滴潮濕的東西點綴，應當就是從那小蛇發青的傷口處流出腥臭腐敗的血水吧。

「阿婆。」

「……」

老太婆慌張地回頭。看上去差不多六十歲左右吧。她身穿滿是油汙的檜皮色麻布衣，披垂著發黃的頭髮，拖著剪去鞋尾的草鞋，拄著一根長長的蛙股拐杖，圓眼睛，大嘴巴，是個讓人不禁想起癩蛤蟆模樣的卑賤女人。

「噢，原來是太郎呀。」

1 豬熊，今京都西大宮與堀川之間的地名。

阿婆的嗓音像是被陽光噎住似地說著，她拄著拐杖，往後倒退了兩、三步，在開口之前，用舌頭舔了一下上唇。

「有什麼事嗎？」

「沒，沒啥事兒。」

獨眼男在淺麻子臉上勉強地擠出笑容，用不太自然的聲音，故作輕鬆地說：

「只是想知道，沙金人在哪兒？」

「你說有事，準是找我女兒。都是拜鳶生老鷹之賜。」

豬熊阿婆噘著嘴冷笑地挖苦他。

「並不是什麼大不了的事，不過我還沒聽到今晚的計畫如何安排？」

「計畫怎會改變呢，集合地點是羅生門，時間是亥時的上刻，一切全按照從前定下來的老規矩行動。」

老太婆說著，狡猾的眼神滴溜溜地環顧左右，確定街上沒人，又安心地舔起厚厚的嘴唇來。

「屋內的情況，聽說女兒差不多探聽清楚了。好像武士之中沒什麼狠角色。至於詳細的情形，她今晚應該會告訴你吧。」

這位名叫太郎的男子，一聽到這番話，在遮住陽光的黃紙扇下，嘲笑似地歪斜著嘴。

「這麼說沙金又和那裡的武士勾搭上了。」

「不，應該是打扮成賣東西的小販或什麼去的吧。」

「管她打扮成什麼，反正她這人是靠不住的。」

「你還是老樣子，疑心病很重哎。所以才會被我女兒討厭，就算吃醋，也要有個分寸啊。」

老太婆嗤之以鼻，舉起拐杖戳一下路旁那條蛇的屍體。不知哪來聚集的蒼蠅一哄而散，很快地又停在原處。

「這事要是不好好幹的話，會被次郎搶走的。其實被他搶走也好，只不過那樣的話，事情會鬧大，到時候連老爺子也會勃然大怒，換作是你更不用說啦。」

「這我明白。」

太郎板起臉孔，氣呼呼地朝柳樹根處吐了一口唾沫。

「其實你並不明白。現在你裝作一副滿不在乎的樣子，可當你發現她和老爺子之間有一腿，可不是像發了瘋一樣嘛。老爺子也是一個樣，要是他氣勢上更強硬些，不馬上和你動刀子才怪。」

「那已經是一年前的事。」

「幾年前還不是一樣，有差嗎？有句話不是說，幹過一次的事，還會再幹三次嗎？要是只幹三次，還算好的，到我這把年紀，同樣的蠢事不知道做過多少次了。」

說著，老太婆露出疏稀的牙齒笑了。

「說正經的。——還是談別的吧，今晚的對手，好歹也是個藤判官，妳準備好了嗎？」

太郎岔開了話題，在曬黑的臉上浮現焦躁的神色。或許這時候，天邊一朵雲恰好遮住了太陽，周遭突然暗了下來。放眼所及，唯有那死蛇屍骸肚子的脂肪比先前更加閃爍著肥白的光芒。

「那又怎樣，就算藤判官，頂多是四、五個不成氣候的武士，我可是練就多年的真功夫。」

「哼，阿婆真是好霸氣呀，所以，這邊的人數呢？」

「跟以前一樣，男的有二十三人，加上我和女兒。阿濃身體不好，所以讓她在朱雀門那兒等候消息。」

「話說，阿濃差不多快臨盆了吧。」

太郎又像嘲弄似地歪斜著嘴。幾乎是同時間，天邊的雲影消失了，大街上又像原來一樣，令眼睛發疼的明亮。——豬熊阿婆也挺起腰桿，揚起一陣烏鴉聒噪似的怪笑聲。

「那傻瓜啊，不知是被誰給染指的——雖然，阿濃對次郎始終念念不忘，該不會是他吧。」

「不用追究誰是孩子的爹，她那身子做什麼都不方便吧。」

「那是當然，總有辦法的，她不願意，也拿她沒轍。結果要和夥伴們傳話的工作，全落在我一個人身上。真木島的十郎，關山的平六，高市的多襄丸，還得跑三家——哎呀，說到這兒，跟你聊天這會兒工夫，都快到了未時，你大概也聽膩我的嘮叨了吧。」

蛙股的手杖隨著這句話動了起來。

「可是，沙金呢？」

這時，太郎的嘴唇不易察覺地微微顫抖著，老太婆似乎並未發覺。

「今天嗎？可能在豬熊的我家午睡吧，昨兒個還不見人影呢。」

獨眼男定睛看著老太婆，然後平靜地說道：

「那好，天黑以後我再來找她。」

「好啊，去找她之前，先好好睡個午覺吧。」

豬熊阿婆口齒伶俐地一邊回答，一邊拖著拐杖往前走。她順著綾小路朝東走，彷彿猴子似的身上罩著一件麻布夏衣，半截草鞋在身後揚起塵土，頂著烈日，一路走去。——目送著阿婆離去的身影，武士汗涔涔的額頭上晃動著兇狠的神色，他再次向著柳樹根吐了一口唾沫，然後慢慢地轉過身去。

就在兩人分別之後，蝟集在那蛇屍身上的蒼蠅依然在陽光下，發出微弱的拍翅聲，好似要飛起來，卻又停在那裡。

二

豬熊阿婆披散著發黃的頭髮，髮根已被滲出的汗水濕透，也不抖落腳上沾著的夏日塵土，拖著拐杖步履蹣跚地前行。

雖是一條走慣了的老路，若是和自己年輕時候相較之下，到處都像謊言一樣發生了難以置信的變化。想著自己還在台盤所[2]當婢女的事情——不，想起自己意外被那個身分懸殊的男人勾引，最後終於生下沙金的事。今日的京城，只是徒有虛名，當年的遺跡幾乎蕩然無存。往日牛車往返頻繁的大街上，如今只有薊草花在向陽處寂然地綻放，倒塌歪斜的板牆裡，無花果結著青色的果實，成群的烏鴉完全不怕人，大白天也聚集在乾涸的水池中。自己也不知何時，頭髮變白，皺紋增加，終於變成這樣彎腰駝背的老朽之身。京城已非昔日的京城，而自己也不再是昔日的自己了。

2 台盤所，平安時期貴族或富豪家裡放食器的庫房。

再加上形貌改變，心境也產生變化。起初得知女兒和現在的丈夫之間發生關係時，記得自己也是又哭又鬧。然而，事已至此，想起來，也覺得這是理所當然的事。連偷盜和殺人之事，只要做多了，就和家業一樣習以為常。就像京城的大街小巷長滿了雜草似的，自己的心也被傷害到不知痛苦的程度，但從另個角度來看，一切看似改變了，卻沒有變化。女兒現在做的事，和自己過去所做的事，意外地十分相似。那個太郎和次郎，也和現在丈夫年輕時所做的事沒什麼差別，就這樣人們將永遠重複著同樣的事情吧。這麼想來，京城還是昔日的京城，而自己依舊是昔日的自己。

這種想法漠然地浮上豬熊阿婆的心頭。或許是那種寂寥的心情所影響吧，她的圓眼睛變得柔和，癩蛤蟆般的臉上肌肉也不自覺地鬆弛下來。——這時候，老太婆又忽然生氣勃勃地展現滿是皺紋的笑臉，開始更加急促地移動著蛙股拐杖。

那也難怪，在前面四、五間[3]的地方，隔著大路與蕪雜的芒草地（這也許原本是誰家的大庭院），坍塌的泥牆，裡面有二、三棵頹敗的合歡樹，被陽光曬成深綠色的屋瓦上垂著無精打采的紅花。以那天空為頂，有一間四角以枯竹為柱，張掛著舊草蓆為牆的古怪小屋。——不論從地點或是外觀來看，都像是乞丐的棲身之所。

尤其吸引老太婆注目的是，在那小屋前，佇立著年約十七、八歲的年輕武士，他穿著枯葉色的水干[4]佩著烏鞘長刀，雙手交叉抱在胸前，不知為何，煞有其事地窺視著小屋裡面。老太婆從他天真的眉宇以及稚氣未脫的臉蛋兒，一眼便知他是誰。

豬熊阿婆走近對方身旁，停下拐杖，一邊翹起下巴，一邊喊住他。

「你在幹嘛啊，次郎。」

對方吃驚地轉過身來，一看見老太婆皤然的白髮，癩蛤蟆臉上舔著厚嘴唇的舌頭，便露出潔白的牙齒微笑，默默地指向小屋裡邊。

小屋裡頭有一張破草蓆直接鋪在地板上，一名約莫四十左右的小個子女人以石為枕躺臥在那上面，她全身幾乎裸體，掩蓋著肌膚的只有一件麻布衫蓋在腰部附近，仔細一看，她的胸部和腹部，彷彿用指頭輕輕一按，混著帶血的濃水便會黏糊

3 間，長度單位，一間為六尺（約一點八公尺）。

4 水干，與狩衣同為打獵時所穿著的服裝，但其縫合處有「菊綴」加以固定補強。

糊地流出來似的，發黃而腫脹著。特別是，借著從草蓆的裂縫射進來的陽光再仔細看，在她的腋下和脖子，有一塊像腐爛杏實般的斑點，似乎正發出一股難以言喻的惡臭。

枕頭旁邊，有一口缺嘴的土器（看底部黏著飯粒，可能原本是盛稀飯的吧）被丟棄似地扔在那裡。不知是誰惡作劇的，土器內部很有秩序地堆積著五、六個滿是泥土的石塊。並且，正中央立著一枝花和葉完全枯萎的合歡花，大概是在模仿高腳漆盤上鋪墊的色紙裝飾用的枝葉。

看見那景象，連剛毅的豬熊阿婆也皺著眉頭不由得倒退了。而在剎那間，她突然想起方才的蛇屍。

「這是怎麼啦。該不會是得了傳染病吧。」

「沒錯。應該是附近哪個人家，覺得大概沒什麼指望了，於是扔到這裡。看這情況，不管在哪兒都不好處理吶。」

次郎又露出白齒微笑著。

「那你又幹嘛待在這兒，盯著人家看？」

「沒什麼，剛才打從這裡經過，因為有兩、三條野狗發現食物似地想吃，所以才扔石頭把牠們趕走，要是我沒來，說不定這時候她的一隻胳臂已經被吃掉了。」

老太婆將下巴擱在蛙股的拐杖上，再次深深地望著那個女人的軀體。剛才說被狗咬到的，應該是這個吧。——從破草蓆上向著街道揚起的塵土中，斜伸出去的雙臂，在飽含水氣的土黃色皮膚上，殘留著三、四個發紫的銳利齒痕。女人緊閉著雙眼，還有沒有呼吸都不知道。老太婆又一次感覺有種強烈的厭惡感撲面而來。

「她究竟是活著，還是死了呢？」

「我也不知道啊」

「死了倒也乾脆。如果已經死掉，被狗吃了其實也沒差。」

老太婆說著，伸出蛙股的拐杖從遠處戳了一下女人的腦袋，腦袋便離開了枕頭的石頭，在沙上拖著頭髮，一古腦兒落在榻榻米上。而病人卻依然閉著眼睛，臉上的肌肉纖毫未動。

「那樣做也不行啊。像剛才她整個人被狗咬著，也是一動也不動。」

「既然這樣，應該是死掉了。」

次郎第三次露出白齒笑了。

「就算是死掉，餵給狗吃，也太慘了。」

「有什麼好慘的。死掉的話，就是被狗吃了，也不會覺得痛。」

老太婆一邊拄起拐杖，一邊睜大眼睛，嘲諷似地說著。

「就算沒死，這種奄奄一息的樣子，倒不如一口氣被狗咬上脖子要好一些，反正這樣活著，也維持不了多久時間。」

「可是，總不能看著人被狗吃而放任不管吧。」

這時，豬熊阿婆舔著上唇，一副目中無人的樣子。

「說得好聽，可是對於人殺人，你們不也互相若無其事地看著嗎？」

「這麼說也沒錯，確實如此。」

次郎搔一下鬢毛，第四次露出白齒微笑了。然後溫和地望著老太婆的臉問她：

「阿婆要去哪兒呀？」

「我要去找真木島的十郎，還有高市的多襄丸——對了，關山的平六那裡，就由你代為傳話吧。」

說著說著，豬熊阿婆拄著拐杖已往前走了兩、三步。

「噢，我可以去。」

次郎這才把病人的小屋拋在腦後，與老太婆並肩在炙熱的街道上慢悠悠走去。

「看見那種東西，心情真是惡劣到了極點。」

老太婆臭著一張臉誇張地說道：

「——嗯，平六的家，你知道吧。打這兒一直往前走，到立本寺門前往左拐，就是藤判官的宅邸，就在那大約一町遠的前面。你順便在宅邸周圍轉一轉，察看一下地形，為今晚的行動預先做個準備。」

「我本來就打算這樣做，才會來到這邊的。」

「這樣啊，想得真周到，你是個聰明人，不像你哥哥那種面相，一旦出了差錯，很快就會被對方發現，所以不能讓他去察看地形，換作是你，我就放心了。」

「真可憐，阿婆這樣說我大哥，怎受得了。」

「你說什麼？我可是把好話說在前頭。要是老爺子在的話，就淨說那些對你不好說的事兒，懂嗎？」

「那是因為有那件事嘛。」
「就算有，也沒說你半句壞話呀。」
「難不成是把我當作小孩子看待吧？」
兩人這樣一邊閒聊，一邊在狹窄的街道上慢吞吞地走著，每走一步，京城就愈顯出其荒涼頹廢的景象，家屋與家屋之間雜草叢生，散發著悶熱的暑氣，沿途上斷斷續續可見舊屋瓦殘破坍塌的泥牆，唯有幾株碩果僅在的松樹和柳樹。隱約飄散著死人腐臭的氣味，到處都令人感受到這是一座即將毀滅的大城市。一路上只見一名不良於行的乞丐，把木屐套在手上爬行。
「不過，次郎，你可要當心哦。」
豬熊阿婆忽然想起太郎的那張臉，兀自浮現出苦笑，她這麼說：
「說不定你大哥也迷戀上我的女兒了。」
她似乎沒料到，這句話會對次郎造成如此巨大的心理影響。他清秀的眉宇，忽然蒙上一層陰影，不悅地低下眼睛。
「我自個兒也得留神吶。」

「就算留神那又如何。」

老太婆有點訝異於對方的情感如此急劇的變化，她像平時一樣舔了舔嘴唇，自顧自地說：

「小心駛得萬年船。」

「可是，家兄的想法是家兄的想法，我哪管得著呢？」

「既然這麼說，那我可要和盤托出了。事實上，昨天我見到了女兒。她說今天未時的下刻，要跟你在寺門前面見面。並且，她和你哥已經有半個月沒有碰面啦。如果太郎知道這件事的話，八成又要和你大鬧一場吧。」

次郎彷彿要阻止老太婆繼續說下去似的，他默不作聲，只是焦躁地不斷點頭。話說，豬熊阿婆一旦開了口也不會輕易就閉嘴。

「剛才在那邊路口，遇見太郎時，我也對他明說了，要是這樣的話，自己人不就要動刀子嗎？我只是在擔心，萬一有個閃失，傷了我女兒，該如何是好。如你所知，女兒就是那種倔脾氣，太郎呢，也是一個死心眼的傢伙，所以我想好好拜託你，因為你是個連死人被狗吃了都於心不忍的軟心腸呀。」

說著，老太婆故意用沙啞的聲音笑著，似乎想要抹去自己心頭上的不安。然而，次郎依舊暗沉著臉，若有所思地低下眼睛繼續行走。

「可別出什麼大事才好。」

豬熊阿婆快速地移動著蛙股拐杖，這時才開始在心底如此深深地祈求著。

正當此時，有三、四個街坊的小孩子用細木條的尖端挑著蛇屍走過病人的小屋外頭，其中一個特別頑皮，他彎著腰，遠遠地把那蛇屍拋到女人的臉上，死蛇那浮著藍色油脂的肚子恰好就落在女人的臉頰上。接著，流著腐水的尾巴，拖拖拉拉地垂落在她的下巴——孩子們見狀興奮地大叫，懷著怯懼朝四方散開了。

一直維持著死去姿態的女人，恰好在那時忽然睜開發黃鬆弛的眼皮，露出類似腐爛蛋白般渾濁的眼珠並呆滯地盯著天空，沾滿沙塵的手指顫動了一下，從那乾裂的嘴唇深處，洩出游絲般的聲音，分不清是嘆息還是呼吸。

三

與豬熊阿婆分別後，太郎時而用扇子搧著風，也不選擇陰涼的地方，逕自往朱雀大路的北邊移動著提不起勁的步伐。

正午的大街上，行人極少。除了一名頭戴藺草笠遮陽的武士，騎在鑲嵌著平紋馬鞍的栗色馬上，身後跟著一個背著盔甲箱的隨從從身旁悠悠地經過之外，就只有一刻也沒閒著的燕子，閃爍著白晃晃的肚子，時不時飛掠過大街上的沙塵，連聚攏在木板屋頂、檜皮屋頂上那一團旱雲也紋風不動，從剛才就定定地掛在那裡，好似要把金銀銅鐵都熔化般，灼灼地閃耀著。況且，大街兩旁家家戶戶都寂靜無聲，令人不禁懷疑，是不是木窗板以及蒲草簾子後面住著的百姓全死光了。

如同豬熊阿婆所說的，沙金將被次郎搶走的疑懼終於迫在眼前。那個女人——到如今還委身於養父的那個女人，捨棄麻子臉、獨眼而醜陋的自己，卻看上那個雖被陽光曬黑但眉清目秀的年輕弟弟，本來嘛，這也不是什麼稀罕的事。只不過，我始終堅信著，次郎——那個打從孩提時候起，就一直崇拜著哥哥的次郎慎重行事，能夠覺察到我的心情，就算沙金主動去勾引，也不會輕易受其誘惑。然而，如今想來，那不過只是出於偏袒弟弟一廂情願的想法罷了。不，只能怪我自己失算，與其說把弟弟看得過高，不如說是太小看沙金這女人妖媚風騷的勾人本事。不光是次郎一人如此，只因那女人眨了一下媚眼，就為她粉身碎骨的男人不知凡幾，委實比這大熱天裡來回翻飛的燕子數量還多呢。就拿自己來說，也是只見過她一次，就神魂顛倒，終於墮落到今天這地步……

這時，從四條坊門的路口朝南去，一輛綴飾著紅色捻繩女子乘用的牛車靜靜地橫越太郎的去路。雖然看不見車裡的人，但掛著簿絹的簾子後方，染得濃烈的紅裙裾，反倒因為街道荒涼而格外醒目。跟在後頭的牧童和雜役訝異地瞟了太郎一眼，那隻牛則是低著角，漆一般黑的牛背如同鷹揚般從容不迫地扭動，牠目不斜視，慢騰騰地緩步前行。可太郎還沉浸在無邊際的思緒裡，眼前只有牛車的金屬零件在炫目的日光下閃閃發光的粗略印象。

他暫時停下腳步，讓車子先行通過，然後又將獨眼俯視著，默默地邁開步伐。

（想起我還在右獄擔任獄卒時的回憶，如今感覺好像是好遙遠的過去了。那時的我和今日相比，連我自己都覺得判若二人。那時候的我，既不會忘記尊敬三寶[5]，恪守王法之事也不曾懈怠過。然而現在，偷盜的事也幹，有時還會殺人放火，也不止幹過兩、三次，簡直是無法無天。啊啊，那時的我和獄卒們閒來無事，一起玩骰子賭大小的娛樂玩興，若以現在的眼光看從前，真不知是何等的幸福啊！

那是一年前的事，想來好像昨天才剛發生一樣。——那女人因為竊盜罪，由檢非違使[6]親自押送到右獄來，也是偶然的一次機會，我和她隔著鐵檻攀談起來，隨著交談次數增加，也開始互相傾訴一些私人的話題。到了最後，當豬熊阿婆和同夥的盜賊們前來劫獄要救那女人時，我也裝作沒看見刻意地縱放了他們。

從那天晚上起，我就開始多次出入豬熊阿婆家。沙金估計我要去的時刻，就會

---

5 三寶，指佛寶、法寶和僧寶，是佛教的教法和證法的核心。

6 檢非違使，掌管京都的治安、檢察和裁判的官吏。

預先拉起一半的板窗，眺望著外面暮色蒼茫的黃昏街道。然後在看見我的身影時，便模仿老鼠的吱吱聲作為暗號，示意我走進屋裡去。而屋內除了下女阿濃之外，沒有其他的人。一會兒，她關好板窗，在結燈台點上燈火。接著，在榻榻米房間裡，擺上了方型漆器餐盒以及高腳漆盤，裡頭盛滿了下酒菜，兩人便喝著小酒、對酌，笑著、哭著，或吵架，或和好——像世上所有的戀人所做的，盡情享樂直到天明。

每次都是黃昏時來，天色即將拂曉時離去。——這樣的日子，好像持續有一個月吧。這段期間，我逐漸明白沙金是豬熊阿婆和前夫生的孩子，如今成為二十幾名盜賊的頭目，時常在洛中惹事生非，攪得雞犬不寧，平時還會出賣色相，過著傀儡一般沒有靈魂的生活。——然而這一切反而使得那女人像廉價的插圖小說會出現的人物似的，抹上一層神奇的光環，毫無卑賤之感。自然，她時不時對我說，不如乾脆一起加入盜賊的行列，但我總是沒有答應她。於是那女人就罵我是膽小鬼，瞧不起我，我也常因此而大動肝火……）

「駕！駕！」前方傳來有人吆喝著馬的聲音。太郎急忙閃開，讓路給對方。

一個身穿汗衫的隨從，拖著左右各馱著兩袋米的馬，彎過三條坊門的路口，汗也不擦地在炎熱的大路上朝南行去。那匹馬的影子鮮明地印在路面上，一隻燕子閃動著光亮的羽翼斜斜地飛上天空。忽地，又像投擲的石塊似的，從天空俯衝下來，飛掠過太郎的鼻尖筆直飛入對面家屋的屋簷裡去。

太郎一邊走著，又想起什麼似的，吧嗒吧嗒地搧著黃紙扇——

（那樣的歲月時斷時續地接連下去，偶然我覺察到那女人和養父之間不可告人的關係。當然，我並非不知道，不是只有我一人如此放任沙金。甚至沙金本人也多次在我面前誇耀與她有染的哪個公卿或法師的名字。不過，我想縱使她在肉體上和許多男人接觸過，可是，那女人的心只有我獨占。對啊，女人的貞操不在肉體——我如此相信著，藉此壓制我心中燃燒的妒火。想當然爾，或許不知不覺，這也是那女人教給我的想法。總之，往好的方面想，我痛苦的心靈也著實獲得了緩解，但，那女的和養父的關係又是另一回事。

當我發覺到的時候，內心非常地不悅，實在難以言喻。對於做那種事的父女，就算殺了他們也難消心頭之恨。而眼睜睜看著它發生卻默不作聲的阿婆，實在是比畜生更低賤的傢伙。這樣想著的我，每當見到那張醉鬼老頭兒的臉，不知多少次把手放在長刀上，想殺他而後快。這時候，沙金總會當著我的面，毫不客氣地嘲弄養父。而這種教人看透的拙劣把戲，卻不可思議地讓我心軟。

她只要說著「我非常非常地討厭父親」，就算我對養父恨得牙癢癢，對於沙金卻怎麼也恨不起來。於是，我和養父之間，彼此相互仇視著，倒也相安無事地熬過來了。假使那老頭兒還有點勇氣——不，如果我還有點勇氣的話，我們之中，不知道哪個早就掛了……）

抬起頭，太郎不知不覺已拐過二條，來到橫跨耳敏川的小橋前面。乾涸的河道只有一條細流，像銳利的刀刃在強烈的日光下閃閃發亮，穿越斷斷續續的楊柳和屋舍之間，發出輕微的潺潺流水聲。在遙遠的下游，有兩、三個黑色的東西，像魚鷹似擾亂水光，八成是街坊的孩子在河裡戲水玩耍吧。

一瞬之間，太郎的心中浮現起幼時的記憶——昔日和弟弟一塊兒在五條之橋下釣鯰魚的記憶，宛如這炎熱天吹送著一絲微風，喚起一種悲哀又令人懷念的心緒，他和弟弟如今已不再是過去的兄弟了。

太郎走過那座橋，有點痘疤的麻臉上，又閃現一抹陰狠之色。

（這時，忽然有一天，我接到了消息，那時在筑後擔任前司雜役的弟弟，因偷竊罪被關進左獄。身為獄卒的我，是比誰都了解獄中的痛苦。我將弟弟視為己出，擔憂著尚未長大的弟弟當前的處境。於是，我和沙金商討此事，那女人滿不在乎地說：「何不乾脆劫獄呢？」在一旁幫腔的阿婆，也一再慫恿我犯案。我終於打定主意，與沙金找來了五、六名盜賊，講妥了時間和地點。就在那夜裡，在獄中製造騷動，毫無困難地營救弟弟，順利逃出了監獄。那時所受到的創傷，至今依然留在我心中。然而，比它更難忘的則是，在劫獄的過程中，我第一次砍殺一名警衛。臨死前，那名男子尖銳的叫聲，還有他身上散發的血腥味，如今還沒離開我的記憶。即使現在，這悶熱的空氣裡，我似乎還能感覺到那樣的畫面歷歷如目。

從第二天起，為了掩人耳目，我和弟弟就藏身在豬熊的沙金家中，不敢公開露面。只要犯過一次罪，想要老老實實地做人，或是逍遙法外繼續為非作歹，在檢非違使的眼裡並沒有什麼差別。反正早晚都是死罪，能多活一天算一天，我消極地這麼想著。到後如同沙金所說的，和弟弟一起變成盜賊的同夥人。從那之後的我，無論殺人放火，幾乎是無惡不作。當然，剛開始的時候，我也會心驚膽跳的，可是一旦幹過壞事之後，意外地得心應手，完全不當一回事。甚至逐漸產生一種錯覺，認為幹壞事是人類自然的天性……）

太郎半無意識地在十字路口轉彎。在十字路口處有一座土墳，四周用石頭堆積起來圍成一圈，土墳上有兩座石塔婆[7]並列著，曝曬在午後的烈日下。墓碑的底部有好幾隻蜥蜴，煤灰一般的黑色身體，看了教人感到不舒服，八成是被太郎的腳步聲驚動吧，比他的影子落地的速度還要快，只見一陣騷動，蜥蜴早已四散逃逸無蹤。然而，太郎根本無心瞧上一眼。

（隨著自己壞事愈做愈多，感覺對沙金的愛也愈來愈深。不管是殺人或偷盜，無一不是為了這個女人。——而今去劫獄，除了拯救次郎之外，也是怕沙金笑話自已竟然對親弟弟見死不救。——如此一想，愈是覺得不惜任何代價，也不願意失去那個女人。

如今將要被我親弟弟奪走的，就是沙金那女人，她將要被我賭上性命相救的次郎搶去了。到底是將要被搶去，還是已經被搶走了，就連這些我也弄不明白。從不曾懷疑過沙金的我，總認為那女人去勾引其他男人，純粹為了幹壞事的便利需要才原諒她。還有，她和養父之間的關係，我認為因為父親的威權，使她在一無所知的情況下受誘惑，我也可以閉上眼睛，假裝沒這回事也就過去了。但是，她和次郎的關係又是另一碼事。

我和弟弟表面上看起來氣質不同，其實本質上是差不多的。不過，論外貌的話，七、八年前我們罹患了天花，我的病情嚴重，而弟弟則是輕微，從那之後，次郎就保持著眉清目秀的模樣，長成了英俊的男人，而我卻因此瞎了一隻眼，變成了麻子臉，這是後天的殘疾。如果這醜陋、獨眼的我一直想要抓住沙金的心（這也許

7 石塔婆，立於墳墓後方的塔形石柱。

是我的自負吧。）無疑地，那肯定是我心靈的力量。這麼說，和我同樣父母所生下的親弟弟，也會擁有相同的心靈力量。況且，不論在誰眼裡看來，弟弟的確比我長得英俊，沙金的心會被那樣的次郎吸引，原本是理所當然。可是，若是設身處地想一想，次郎終究擋不住那女人的誘惑。不，我始終以這張醜陋的臉引以為恥，所以和沙金之間的情事還是有所節制。即便如此，我還是發了狂似地迷戀著沙金。反觀自己擁有俊美外表的次郎，怎能對於那女人的妖嬌嫵媚無動於衷呢？

這麼一想，無怪乎次郎和沙金會愈走愈近，正因為如此，才讓我更加地痛苦。弟弟將要把沙金從我身邊奪去——並且將要從我身邊奪走有關於沙金的一切。不知會是什麼時候，而且必然會如此。啊啊，我失去的不光是沙金一人，連弟弟也一起失去。於是，取而代之的，是一個名為次郎的敵人。——我這人吶，對於敵人是絕不寬待的，敵人對我也是毫不留情吧。既然這樣，如今的情勢已經很明朗了，不是我殺掉弟弟，就是我被弟弟殺害……）

太郎被猛烈撲鼻的死人臭氣驚呆了。但那不是他心裡面的死發出的臭味。定睛一看，在豬熊的小路旁，一片竹籬笆底下，有兩具孩子腐爛的死屍，光著身子堆疊在一起被棄置在那裡，許是烈日照射下的緣故，變了顏色的皮膚，到處呈現出發紫的肉，上頭還停著好多隻蒼蠅。非但如此，其中一個趴著的孩子朝著地面的臉上，早已有些螞蟻捷足先登了。

太郎感覺到好像預先看見了自己將來的下場，不由得緊咬著下唇。

（尤其近來，沙金也是避著我。偶爾見到了面，也沒好臉色，時常在我面前說一些難聽的話。每次我聽了就火大，曾打過她，也踹過她，不管是打她還是踹她，我根本就是在自我折磨。這也難怪，我這二十年的生涯裡，都深藏在沙金那雙迷人的眼中，所以一旦失去沙金，就等於是失去從以前到現在的自己。

失去沙金，又失去弟弟，隨後也要失去自己，也許我將失去一切的時日已然到來……）

這麼想著，他已走到豬熊阿婆掛著白布簾的家門口。這裡也傳來死人的臭味，門口側邊，有一棵垂著暗綠葉子的枇杷樹，那僅有的樹蔭把一絲涼意落在窗上。走過這樹下，走進這門口，已經不知多少次了，然而，今後會如何呢？

太郎突然感到一陣精神上的疲勞，沉浸在一味的感傷之中，他的眼睛浮著淚水，悄然地駐足在門口。這時，從屋內，忽然傳來女人尖銳的叫聲混雜著豬熊老頭的咆哮聲，貫入他的耳朵。這女人要是沙金的話，絕不能袖手旁觀。

他掀開入口處的布簾，急忙地一腳踏進幽暗的屋內。

四

次郎與豬熊阿婆分別後，便一級一級數著立本寺門的石階似的，心事重重地登上去，走到所見皆斑駁脫落的朱漆圓柱下，疲累地坐了下來。即是夏日的陽光，也被斜伸出來高高的屋瓦遮擋住，照不到這裡。往後一瞧，只見昏暗中，一尊金剛力士腳踏著青蓮花，高舉著左手的木杵，胸前附近沾著燕子的鳥糞，寂然看守著寺院境內的白晝。——次郎來到這裡，才覺得心裡踏實，可以思考自己的心情。

陽光依舊發出熾白的烈焰，照亮眼前的街道，使穿梭其中的燕子羽毛，宛如黑色綢緞般閃耀著。一個帶著大陽傘身穿白色水干的男子，手持裝有文書的青竹文挾，一副暑熱難耐地緩慢走過去，此後，直到對面連綿著長長的泥牆上，連一條狗的影子也沒有。

次郎抽出插在腰間的扇子，把那黑柿木製的扇骨一支支地推出去，又收回來，同時接連想起哥哥和自己的關係。

為什麼我得承受如此的痛苦呢？唯一的哥哥，把我當作敵人一樣看待。每次碰面時，都是我先開口說話，他都愛理不理地回答，根本聊不下去。我和沙金之所以會變成現在這樣的關係，他的態度也不是不能理解。可是，每當我和那女人見面，始終覺得對哥哥感到愧疚，尤其是在見面之後，寂寥的心緒會讓我更加想念哥哥，時常暗自落下男兒淚。也曾想過，就這樣離開哥哥和沙金，遠走東國開啟全新的生活。這樣一來，或許哥哥不會憎恨我，自己也可以忘記沙金，心中如此盤算著，想要不動聲色地向哥哥辭行，沒想到他對我依然冷淡。而我見到沙金時，先前痛下的決心全部化為烏有。同樣的情況一再發生，天知道我是多麼地自責啊。

但是，哥哥並不曉得我這般痛苦，一心認定我就是他的情敵。我可以被他責罵，可以被他唾棄。甚至被他殺掉也在所不惜。但願他能察覺，我是多麼地憎恨自己的不義，多麼同情憐憫他的處境。如果真能如此，無論是怎樣的死法，只要能死在哥哥的手裡，我也心甘情願。與其承受心如刀割的痛苦，倒不如一死了之，不知是何等的幸福。

自己戀慕著沙金，但同時也恨著她。一想到那女人天生水性楊花的秉性，就滿腔怒火。況且，她還不停地撒謊，更可怕的是，就連哥哥和我都不忍心下手的殘忍殺人，她居然可以面不改色地幹。有時，看著那女人淫蕩的睡姿，就會想到自己為何會被她誘惑至此而難以自拔？尤其是看到她和素不相識的男人也能狀似親熱以身相許時，真恨不得親手宰了她，我對她是如此恨之入骨，但一看見她那迷人的雙眸，還是情不自禁地陷入溫柔鄉。沒有人像那女人，將醜惡的靈魂和美好的肉體完美地結合在一起。

我對沙金的憎惡之情，哥哥似乎不會明白的。不，哥哥原本就不像我這樣，會去憎惡那女人的野獸之心。譬如，見到沙金和別的男人的關係，兄弟的看法就截然不同。無論看她跟誰相好，哥哥總是沉默以對，並且將她的多情善變，當作是逢場作戲，所以原諒她。但是我無法接受，對我來說，沙金的肉體被玷汙，就等同於她的心靈也被玷汙了，甚至比心靈被玷汙還要嚴重。我無法接受那女的動不動就移情別戀、見異思遷。可是委身於其他的男人比起喜新厭舊，更令我感到痛苦折磨。正因為如此，我對自己的哥哥也懷有嫉妒之心。既感到愧疚又心生妒恨。由此可見，哥哥和我對於沙金的戀情，出於迥然不同的心態，已經無法像從前那樣了，而這種差異更加速了兩人關係的惡化……

次郎茫然地望著大街，一心想著自己的心事。恰好這時候，突然一陣吵雜的笑聲，晃動著耀眼陽光，從大街不知何處傳來。伴隨著女人尖銳笑聲和男人含混不清的喉音，肆無忌憚地打情罵俏著，次郎不由得把扇子插在腰際站起來。

次郎離開柱子，還沒踏上石階時，從小路往南走的一對男女正好經過他的面前。

男人是個穿樺櫻式樣直垂[8]的武士，頭戴梨皮花樣的烏帽子，闊達地配上精工

8 直垂，日本武家禮服。

打造的長刀，年約三十歲左右，一副喝醉酒的模樣。女人則是穿著白底淡紫花紋衣裳，雖然戴著市女笠，披著頭巾，但那聲音舉止，無疑是沙金沒錯。——次郎從石階走下來，緊咬著嘴唇，將目光從她身上別開，可是，兩人似乎都沒有見到次郎的樣子。

「說好了的事，可別忘記啊。」

「沒問題，既然我已經答應了，你就像搭上大船一樣，儘管放心吧。」

「可是，我這邊是賭上性命哩，不再三叮嚀怎麼行？」

男人將有著少許紅鬍子的嘴張開到可見其咽喉的程度大聲笑著，用手指輕輕戳了一下沙金的臉頰。

「我這邊也是拼了命呀。」

「說得倒好聽。」

兩人走過寺門前，走到剛才次郎與豬熊阿婆分別的十字路口，在那裡停了一會兒，也不顧忌他人的眼光互相調戲著，不久，那男人頻頻回頭，依依不捨地望著沙金，然後從路口拐向東邊走了。女人踅回來，還吃吃地笑著，又轉向這邊來。——

次郎佇立在石階下，分不清是喜悅還是難過的心情，像孩子似地紅著一張臉，迎接從被衣[9]裡窺探著的沙金那雙黑色的大眼睛。

「你看見了方才那傢伙？」

沙金掀開被衣，露出滲汗的臉，笑笑著問他。

「沒看見。」

「那傢伙啊。——我們就坐在這兒吧。」

兩人在石階的下段並肩坐下，寺門外恰好有一棵彎曲著細幹的赤松，樹影就落在他們身上。

「那人是藤判官家的武士。」

沙金還沒坐到石階上，就脫掉市女笠如此說道。她是小巧的，手腳的動作像貓一樣敏捷的，身材適中，二十五、六歲的女人。臉孔可說是可怕的野性和異常的美，兩者合而為一。狹窄的額頭和豐腴的臉頰，潔白的牙齒和淫蕩的嘴唇，銳利的

9 被衣，日本貴族或富裕人家的女性外出時，都會拿件單層小袖罩在頭上遮住臉，稱為「被衣」。

雙眼和鷹揚的眉宇——所有不可能在一起的東西，不可思議地渾然天成，簡直無可挑剔。尤其是那一頭飄逸的及肩長髮，在陽光的照射下，烏黑閃亮，青光浮躍，宛如鳥羽一般。次郎看著女人永遠如此妖媚動人的姿態，不由得憎惡了起來。

「而且，還是妳的情人對吧。」

沙金瞇細著眼笑著，同時天真無邪地搖著頭。

「要說愚蠢的話，再沒有比那人更傻的。只要我吩咐的事，不論什麼都像狗一樣聽話。拜他所賜，一切情況都掌握清楚了。」

「妳知道些什麼？」

「知道什麼？就是藤判官宅邸裡的內部情形呀，他真是滔滔不絕呀，什麼都講給我聽，包括最近那邊買馬的事。——對耶，那匹馬可是陸奧產的三歲駿馬，價值不菲，可以叫太郎去偷。」

「當然。家兄無論如何都會照妳的意思去做。」

「真是的，我最討厭人家吃醋了。太郎也是這樣——起先我對他也有些意思，不過現在已經沒什麼感覺了。」

「說不定，我也會落得如此下場吧。」

「將來的事我可不知道啊。」

沙金又誇張地拉高聲音笑著。

「生氣啦？那就說不會那樣。」

「妳內心真是個母夜叉。」

次郎皺著眉頭，將腳下的一顆石子撿起來扔到對面。

「這麼說，也許我真是個母夜叉。只是被這樣的母夜叉愛上，是你命中注定。——怎麼，還在懷疑嗎？那我就不理你了。」

沙金說著，呆了半晌，望著大街，驀地目光銳利地轉向次郎，突然一絲冷笑從她的唇沿掠過。

「真要那麼懷疑的話，我來告訴你一件好消息怎麼樣？」

「好消息？」

「嗯。」

女人把臉移到次郎旁邊，淡妝混著汗水的味道撲鼻而來。——次郎感受到一種強烈的刺激，渾身發癢，情不自禁地把臉轉向旁邊。

「我把那件事全告訴他了。」

「哪件事？」

「就是今夜大夥兒要去藤判官宅邸的事兒。」

次郎不敢相信自己的耳朵。使他喘不過氣的官能上刺激，也在一瞬間消失了。——他半信半疑的，目光呆滯地看著她的臉。

「別大驚小怪好不好。這沒什麼大不了的啊。」

沙金稍微放低聲音，用嘲笑的口吻說：

「我是這樣說的，我睡覺的房間是在那大路面向檜木板牆旁邊，昨晚在那板牆外邊，聽見五、六個男人在商量什麼事，一定是盜賊吧，好像打算侵入您的地方。我對他說，看在我們相識的份上，才告訴您，要是不做好戒備，會有危險的，千萬要小心。所以，今天晚上對方一定有所準備了。那傢伙剛才也是去招集人手，他說二十個、三十個武士，一定會來的，沒問題。」

「妳幹嘛說這些多餘的話。」

次郎依然平靜不下來，用困惑不解的眼神看著沙金。

「才不是多餘的事呢。」

沙金陰險地微笑著。並且，以左手悄悄摸著次郎的右手說：

「全是為了你做的。」

「為什麼？」

說著的同時，次郎內心感到一陣可怕的寒意，難道說……

「還不明白嗎？我刻意放出風聲，再拜託太郎去偷馬——嗯，不管怎樣，一個人總敵不過那麼多人吧。不，就算其他的人幫忙，結果還不是一樣。這麼一來，對你我不是都有好處嘛。」

次郎感覺好像全身澆了冷水。

「妳打算殺大哥！」

沙金玩弄著扇子，坦率地點點頭。

「殺了他不好嗎？」

「與其說不好……設下圈套陷害大哥……」

「那你能殺得了他嗎？」
次郎感到沙金的眼睛好像野貓一樣犀利地盯著自己瞧，她的眼睛具有一種可怕的魔力，接著他感到自己的意志正逐漸痲痺中。
「可是，這麼做很卑鄙。」
「就算卑鄙，也是情非得已不是嗎？」
沙金丟掉扇子，靜靜地用雙手抓住次郎的右手，逼問他。
「如果只是要殺掉家兄也就罷了，這麼一來，所有的夥伴都會陷入險境……」
次郎此話一出，便覺大事不妙，狡猾的女人當然絕不會放過這機會。
「你的意思是叫他一個人去幹嘍？為何要這樣？」
次郎放開女人的手，站起身來。然後鐵青著臉，默不作聲，讓沙金走在前頭，自己跟在她後頭，或左或右地走著。
「如果可以幹掉太郎，叫幾個夥伴一起陪葬，不也挺好的？」
沙金從下方仰視次郎，迸出了這麼一句。
「阿婆怎麼辦？」

「如果死掉，死的時候再說嘛。」

次郎停下來，俯視著沙金的臉。女人的眼睛裡燃燒著輕蔑和愛欲，有如炭火般的炙熱。

「為了你，我願意殺掉任何人。」

她的這句話，有著宛如蠍子一般刺人的東西。次郎再次感受到一種說不出的戰慄。

「可是，大哥是……」

「我不是連自己的父母都要捨了嗎？」

說著，沙金低下眉眼，忽然，緊張的臉部表情鬆懈下來，淚水簌簌地在陽光下閃耀著，滴落在路面的熱沙上。

「我已經對那傢伙說了——現在要反悔也來不及了。——那種事要是被知道了，我豈不是要被自己的夥伴、被太郎殺掉嗎？」

聽著沙金斷斷續續說完這番話，次郎的心自然而然地湧上絕望的勇氣。失去血色的他，依然沉默著，跪在地上，用冰冷的雙手緊緊地握住沙金的手。

他們兩人，在互相交握的手中，感到一種可怕的承諾。

五

太郎掀開白布，一腳踏進屋裡，眼前意外的光景令他愣然怔住。定睛一瞧，不大寬敞的屋子裡面，通往廚房的一道拉門斜斜地倒在竹篾屏風上，用來焚燒驅蚊的陶罐大概是被屏風翻倒，碎成了兩半，滿地都是綠松葉燒剩的灰燼。被那灰燼沾滿捲髮，氣色很差，肥胖的十六、七歲女傭，被一個酒滿腸肥的禿頭老人揪住了頭髮，邋遢的麻布單衣被扯開，露出胸脯來，女人的雙腳使勁地掙扎，發瘋似地慘叫著。——而老人左手抓著女人的頭髮，右手舉著一只缺口的瓶子，作勢要將瓶子裡的黑色液體強行灌進對方的嘴中。然而，液體不分青紅皂白地倒在那女人的臉上，在眼睛、鼻子到處流淌著淺黑色的汁液，卻好像幾乎沒有流入她的嘴裡。於是，老人更加氣急敗壞地硬是要把女人的嘴掰開，女人則是不惜頭髮脫落，死命地甩著頭，連一滴也不願意喝。手和手、腳和腳，彼此互相糾纏著。從明亮處一下子進到幽暗的屋內，太郎的眼睛分不清誰是誰。當然，一眼就知道他們是誰。

太郎連脫草鞋都來不及，急忙跳進屋內，眼明手快地一把抓住老人的右手，輕而易舉就把瓶子扯下來，帶著怒氣大聲喝斥。

「你在幹什麼？」

太郎這句尖銳的問話，一下子被老人的話反嗆回來。

「才要問你到底想幹嘛？」

「我嘛？就是要幹這個。」

太郎把瓶子給扔了，又將老人的左手從女人的頭髮上分開，舉起腳把老人踢倒在拉門上。阿濃沒想到會有人來搭救自己，慌慌張張地退後爬了一、二間遠的距離，眼看老人向後倒下去，她就像膜拜神佛似的，在太郎面前雙手合十，戰慄地低下頭向他拜謝。驀地，她也不整理一下散亂的頭髮，便如脫兔般快速轉身，光著腳跑到屋簷下方，敏捷地鑽進了白布裡面。——猛然要追上前去的老頭兒，又被太郎一腳踢倒在灰燼中，而女人早已氣喘吁吁地從枇杷樹下往北趺趺撞撞地逃走了。

「救命啊。殺人呀。」

老人如此叫喊著，卻已失去方才的氣勢，他踢倒竹篾屏風，打算逃向廚房那邊。——太郎身手矯健地伸出長臂攫住淺黃色水干的衣領，把對方摺倒在地上。

「殺人吶。殺人吶。救命呀。殺父親啦。」

「鬼叫個什麼東西。誰要殺你來著。」

太郎把老人壓在膝蓋底下，如此高聲地嘲笑著。於此同時，一股想要殺死老頭的欲望難以遏止地湧上了心頭。要殺掉他，自然不是什麼難事。只消捅上一刀——往那皮膚鬆弛的紅脖子這麼一捅，萬事就了結。貫穿的刀刃刺入榻榻米時的手感，以及手握刀柄感覺到對方臨死前的掙扎，還有趁勢要將長刀抽回來，隨之噴湧而出的血腥味——這些想像使得太郎不由自主地伸手握住纏著葛藤的刀柄。

「你撒謊。撒謊。你隨時都想要殺我。——喂，來人啊，救命啊，殺人呀，殺父親啦。」

豬熊的老頭兒似乎看穿太郎的心思，又猛力想反撲，最後聲嘶力竭地大叫。

「你為何要把阿濃搞成那副樣子，給我說清楚，不然的話……」

「我說。我說。——可我說了之後，也難保你不會殺了我。」

「囉唆。要說還是不說。」

「我說。我說。我全都說。不過，你先把手放開，這樣子，喘不過氣來，教我怎麼說。」

太郎根本充耳不聞，用殺氣騰騰的聲音，又重複說了一遍。

「要說，還是不說。」

「我說。」豬熊的老頭兒扯著嗓子，還想要反抗，就這樣一邊掙扎著，一邊道出實情：「我說。我只是讓她喝藥。誰知阿濃那傻瓜，說什麼也不肯喝。所以，我就不覺動粗了。事情就是如此。不，還有哩，準備湯藥的是阿婆，與我無關。」

「藥？這麼說，那就是墮胎藥嘍。就算是傻瓜，硬抓著逼人家做不情願的事，你這殘忍的死老頭。」

「你看看。你叫我說。我都照實說了，還不是要殺掉我。你是殺人犯，你才是心狠手辣。」

「是誰說要殺你？」

「不想殺的話，你為何把手放在長刀柄上。」

老人仰起汗水淋漓的禿腦袋，向上翻著眼珠看著太郎，嘴角滿是泡沫，喊叫著。太郎陡然心頭一震，要殺老頭就得趁現在，這個想法一閃掠過心頭，他不由得膝蓋使勁，手握刀柄，目不轉睛地看著老頭的脖子附近。僅留下灰白頭髮遮住後腦勺的上半部，在那下方有兩條筋在紅紅的、滿是疙瘩皮膚皺紋裡面不太顯著地伸展著。——當太郎看見那脖子時，莫名其妙地感受到一絲憐憫的情緒。

「殺人犯。殺父親的。撒謊的。殺父的。殺父的。」

豬熊老頭不停地聲嘶力竭喊叫著，終於從太郎的膝蓋底下掙扎爬起來，然後迅速抓起倒下的拉門當盾牌，慌張地環顧著左右，伺機打算要逃跑。——看到那一大片紅腫鼻歪眼斜，狡猾奸詐的臉孔，太郎這時後悔自己剛才沒殺了他。但他慢慢地鬆開緊握著長刀柄的手，彷彿自憐似的，嘴角浮現一抹苦笑，緩緩地坐在榻榻米上。

「殺你的那把刀，我可沒帶來喏。」

「你若是殺了我，就是殺親爹。」

對於他的表態，豬熊老頭兒感到安心，於是從拉門後面慢慢磨蹭出來，斜對著太郎所在的榻榻米上，忐忑不安地自個兒坐了下來。

「殺了你，為何就變成殺父的？」

太郎瞧著窗戶，好像要吐出來似的，如此說著。把天空切分成四角的窗子裡，枇杷樹讓葉子的裡外承受陽光的照拂，將明暗不一的綠色聚集在寂然無風的樹梢上。

「當然是殺父嘍。——理由很簡單，沙金是我的養女，你和她之間有關係，不也就是我的兒子嗎？」

「那麼把養女當作妻的你是什麼？畜生，或者，也是人？」

老人在意剛才爭執時被弄破的水干袖子，一邊用嗚咽的聲音說道：

「就是畜生，也不會殺親爹啊。」

太郎歪著嘴冷笑說：

「這張嘴還是和以前一樣厲害嘛。」

「什麼很厲害？」

豬熊老頭忽然惡狠狠地瞪著太郎的臉，一會兒又嗤之以鼻。

「我問你，你把我認作父親嗎？不，你能把我當作自己的父親嗎？」

「這還用問嗎？」

「不能，對吧？」

「嗯，不能。」

老人一臉洋洋自得，滿是皺紋的食指，像是要戳對方似的，兩眼炯炯有神，滔滔不絕說道：

「那是自私。你給我聽好，沙金是阿婆和前夫生的女兒，原本並非我的孩子。既然我和阿婆結婚，沙金就是我的女兒，你既然和沙金結婚，就要認我作父親。可是，你不認我作父親，非但如此，甚至還會惡言相向、拳打腳踢。你口口聲聲要我把沙金當作女兒到底為什麼？我把她當作妻子，有什麼不好？把沙金當作妻子的我，如果是畜生的話？那麼，要殺親爹的你，不也是畜生嗎？」

「怎麼樣？到底是我沒道理，還是你沒道理？不管怎樣，這種事你總該明白吧。況且，我和阿婆，從我在左兵衛府當下人的時候，就已經是老相好了。阿婆怎麼想我，是不知道啦。但我是一直愛戀著她。」

太郎做夢也沒想到這種場合，會從這個酒鬼、狡猾而卑鄙的老人口中聽到這段當年的往事。不，倒不如說，他對於這個老人，是否具有一般人的情感，抱持懷疑的態度。曾經愛戀過的豬熊老頭和被愛過的豬熊阿婆——太郎感到自己的臉上不自覺地浮現一脈微笑。

「後來，我發現阿婆有了情人。」

「那不就表明了人家討厭你嗎？」

「就算另結新歡，也不能算是討厭我的證據嘛。你想打岔的話，我就不說了。」

豬熊老頭雖然一本正經地說著，接著又立刻膝行，向著太郎這邊挪過來，吞了吞口水，繼續說道：

「沒多久，阿婆懷了她情人的孩子。這倒也沒什麼，叫我吃驚的是，生完孩子後，阿婆就不知去向。我到處打聽，有人說她染上疫病死了，也有人說她去了筑紫。後來打聽到，原來她去了奈良坂，暫時投靠那兒的熟人。打從那時起，我忽然覺得人活在世上真沒意思，於是開始了墮落的人生，又喝酒，又賭博。最後被人拉上賊船，踏上強盜這條不歸路。想偷絲綢，就偷絲綢；想偷錦緞，就偷錦緞，念念不忘的，就只有阿婆一人。就這樣過了十年、十五年，終於又見到了阿婆。」

老頭兒如今和太郎坐在同一張榻榻米上，說到傷心處，情緒逐漸亢奮起來，竟然老淚縱橫，嘴巴也顫抖著，一時之間說不出半句話。太郎抬起獨眼，看著對方抽抽搭搭的臉，像是望著一個陌生人。

「見了面之後，阿婆已不再是從前的阿婆，我也不再是從前的我。不過，看到她帶來的孩子沙金，她長得好像她母親從前的樣子，彷佛年輕時候的阿婆又回到我身邊。於是我這麼想著，就算要離開阿婆，也不要離開沙金，如果要留住沙金，只有一個辦法，就是和阿婆在一起。好吧，索性娶阿婆為妻——這樣打定了主意，成家之後就一直待在豬熊這棟破房子……」

豬熊老頭哭喪著臉湊近太郎，聲淚俱下地說著這段往事。這時，恰好一直不曾察覺到他身上的臭酒氣撲鼻而來。——太郎忙不迭地用扇子遮住了鼻子。

「你知道，我這輩子一心一意愛上的，就只有過去的阿婆一人。也就是現在的沙金一人。可是你動不動就說我是畜生，你就那麼憎恨我這個老頭子是嗎？如果恨我的話，乾脆殺了我吧。就在這裡，殺掉吧。死在你手裡，我也心甘情願啦。不過，給我聽好了，殺親爹的也是畜生。畜生殺畜生——真有意思哩。」

隨著淚已流乾，豬熊老頭又恢復原本那張醜惡無賴的臉，他晃動著皺巴巴的食指，開始大聲嚷嚷：

「畜生要殺畜生是嗎？來殺啊，你是個卑鄙無恥的傢伙。哈哈，我剛才給阿濃餵藥，看你火冒三丈似的，搞不好，讓那個傻瓜懷孕的人就是你。你這種人不是畜生，誰才是畜生呢？」

老人一邊說著一邊趕忙退到拉門後面，準備萬一對方要是動刀的話，打算立刻逃命，他臉色發紫，表情不自然地扭曲著，一副面目可憎的模樣。——太郎被他這番臭罵，實在忍無可忍，於是站起來，雖然把手放在長刀柄上，但是他並沒有拔刀，而是急速地動著嘴唇，忽然一口痰吐在老頭的臉上。

「你這等畜生，只配這個。」

「別老叫我畜生，沙金又不是你一個人的妻子，也是次郎的妻子呀，這麼說，偷弟弟妻子的你，也是個畜生。」

太郎又一次後悔沒殺掉這個老頭。不過，同時他也害怕內心湧起想殺他的念頭。因此，他的獨眼火冒金星，默不作聲，想要拂袖離去。這時候，身後的豬熊老頭又揮動手指，乘勝追擊似地謾罵：

「你以為我剛才說的話都是真的嗎？我告訴你，那全是假的，阿婆和我老相好是假的，沙金長得像阿婆也是假的。怎樣，那些全是我胡亂編造的故事。你能拿我怎麼樣，我就是個撒謊精，是畜生，是還沒被你宰掉的畜生，根本不是人吶……」

老頭口沫橫飛，罵聲不絕，漸漸有些口齒不清了。可是，混濁的目光裡依然聚集著強烈的憎惡，氣急敗壞地跺腳，喊叫著些沒有意義的事。——太郎被難以忍受的嫌惡之情襲擊，像是要摀住耳朵似的，匆匆離開了豬熊家。屋外，照著偏西的陽光，依然熱浪襲人，只有燕子在空中輕靈地飛舞。

「我該去哪兒？」

走到外面，不覺偏著頭如此思索著的太郎，原本自己是來豬熊這裡和沙金見面的，事到如今，到哪兒才能見到沙金，卻一點把握也沒有。

「管它的，先去羅生門等到天黑吧。」

他這個決定，當然是隱藏著一丁點兒想見到沙金的希望。因為沙金平時要去做強盜的夜晚，總喜歡女扮男裝。而那些裝束和武器，都藏在羅生門閣樓裡的一只皮箱子裡。——他打定主意，從小路朝南，大步流星地走起來。

然後，從三條折向西邊，經過耳敏川的對岸，一直走到四條——就在剛好走出四條大路的時候，太郎看見隔著一町之遙，從這條大路往北，在立本寺的牆垣之下，有一對交談著的男女打從這裡經過。

男的身穿枯葉色的水干，女的則是穿淡紫色的衣裳，兩人的身影不時重疊在一起，在他們身後留下串串的笑聲，從小路穿過小路。在繁忙交錯的燕群裡，男人腰間佩帶的烏鞘長刀，映著陽光閃閃發亮，才一眨眼不到，兩人已不見蹤影。

太郎陰沉著額頭，不覺停下腳步，站在路旁，痛苦的喃喃自語：

「反正全都是畜生。」

六

天色容易暗下來的夏夜，很快就逼近亥時的上刻。

月亮尚未升起。視線所及，濃重的黑暗之中，無聲無息沉睡的京城街道，只有加茂川的水面映著微弱的星輝，幽幽地閃著白光。大路小路的十字路口，如今燈影逐漸熄滅，不論宮內或蘆葦的草原，或是町家，全籠罩在靜謐的夜空下，顏色和外形皆朦朧不清，將廣大的平面，無邊際地展開著，而且不分右京還是左京，除了偶爾傳進耳朵裡的，在空中穿梭飛翔的杜鵑外，到處萬籟俱寂，什麼也沒有。若是說在黑暗中有一絲教人眷戀的燈火搖晃著，聽得見幽微的聲音，那或許就是籠罩著香火繚繞的大寺內殿，參籠的香客們跪在金粉和銅綠斑駁的孔雀明王畫像前祈禱的那盞常明燈。要不然就是一群乞丐幫，在四條五條的橋下，為度過夏日短暫的夜晚，焚燒垃圾的火光。又或者，說不定是夜夜令路上行人駭怖，朱雀門的老妖狐，在瓦上、在草叢裡，若隱若現的鬼火之類。除此之外，北至千本，南至鳥羽街道之盡頭，瀰漫在驅蚊煙霧那樣的夜色底下，彷彿連河床上的艾蒿也紋風不動，一切顯得安靜極了。

正值此時，在王城以北，朱雀大路外的羅生門，不合時宜的撥弦聲，宛如蝙蝠拍翅的聲響似地相互呼應著，有的一個人，有的三個人，有的五個人，有的八個人，身穿怪異服裝的身影，逐漸從各個角落聚集而來。就著不甚明亮的星輝一瞧，佩帶長刀的、身上背著弓箭的、手執斧鉞的、拿著長戟的，大夥兒各自拿著自己擅長的武器在身邊，打著綁腿，穿著草鞋，表現出一副威風凜凜的樣子。當他們來到羅生門前的石橋邊，便列隊整齊——站在最前面的，就是太郎。接著，豬熊老頭像是忘了方才的爭吵似的，手持長矛，在幽暗中閃爍著冷光。緊接著是次郎、豬熊阿婆，站的稍遠一些的是阿濃。他們簇擁著的，正是首領沙金，她一個人穿著黑色水干，腰際佩著長刀，身背箭袋，以弓為杖，環視著大夥兒，嬌媚地開口說：

「聽清楚了。今晚的行動，對手比以往強大。大夥兒要有準備，如此分頭行動，太郎這邊帶領十五、六人從後面，其餘的和我從前面進攻。其中最顯著的目標，就是後面馬廄裡陸奧出產的駿馬，太郎，這事交給你辦，行嗎？」

太郎默默地看著天上的星，一聽見沙金的吩咐，便咧著嘴，點了個頭。

「另外，還有件事先講好，不許把女人和小孩當作人質。日後處理起來會很麻煩。好，要是人數到齊的話，差不多該動身了。」

說著，沙金舉起弓指揮大夥兒，但她回頭看見咬著手指、無精打采的阿濃，又溫和地加上一句：

「喏，妳就在這安靜地等待。約莫一刻或二刻鐘，大夥兒就會回來的。」

阿濃像個孩子似地凝望著沙金輕輕點頭。

「那就出發吧。千萬別大意呀，多襄丸。」

豬熊老頭執著長戟，轉身看身邊的夥伴，那傢伙身穿蘇芳染水干，弄響長刃的護手，「哼哼」二聲，卻不答腔。取而代之，扛著斧鉞、一臉青髭的豪邁男人從旁插嘴說：

「倒是你，可別被人影嚇得失了魂哩。」

隨著這句話，二十三名盜賊全都低聲竊笑了起來，沙金被簇擁在中央，宛如一團烏雲般，殺氣騰騰，往朱雀大路陸續湧入，猶如溝渠溢出的泥水一般，往低窪地流淌蔓延，很快地消失在黑暗中，不知流向何方……

爾後，不知何時月光下，屹立在薄明天空下的羅生門屋瓦從高處俯瞰寂然的大路，還有杜鵑忽近忽遠的鳴叫聲，至今一直佇立在七丈五級的大石階上的阿濃也不見蹤影——沒多久，門上的樓閣一盞昏暗的燈亮了，有扇窗子咔嗒一聲打開，從那窗子出現一張嬌小女人的臉孔，正眺望著遙遠的明月。阿濃一邊俯視著漸次明亮的京城，一邊感受著腹部的胎動，獨自喜悅地露出了微笑。

七

次郎揮著染血的長刀，與兩名武士和三條狗近身搏鬥，順著小路往南後退了二、三町。如今的他已無餘裕顧及沙金的安危。武士仗著人多勢眾，一擁而上，步步進逼。惡狗也聳背豎毛爭先恐後地猛撲過來。在月光的映照下，大街略顯昏暗，卻依稀可見揮舞的長刀。——在那之中，次郎被人和狗四面包圍，正浴血奮戰著。

不是殺死對手就是死在敵人的刀下，二者必擇其一，別無生路。在他心裡早有這樣的覺悟，一種幾乎超出常軌，異常兇狠的勇氣逐漸凝聚成力量，他擋住對手的長刀，並且奮力回砍時，還要敏捷地躲開腳邊惡犬的攻擊。——他幾乎同時完成這些動作，不僅如此，有時還必須趁勢將砍回去的長刀反手繞到背後，防範從身後咬上來的狗牙。即使這樣，自己不知何時還是受了傷，透著月光看，只見一條暗紅色的血痕，滲著汗水，從左鬢角流下來。然而，正在死命拼搏的次郎，完全感覺不到痛楚。他只是在失色的額上，把清秀的眉毛蹙成一直線，宛如長刀所使役的人，也顧不得烏帽子掉落了，身上的水干劃破了，上下縱橫地交鋒，殺得你死我活。

不曉得廝殺了多少回合，只見一名在頭頂揮舞大刀的武士，突然往後方一閃，接著尖銳地發出一聲慘叫，說時遲那時快，次郎的長刀早對準他的側腹一刀砍下去，直到腰窩。砍到骨頭的聲響鈍重地迴盪，橫掃過去的刀光劃破昏暗的夜色閃亮著。——緊接著，那把長刀又躍向空中一揮而下，恰好砍斷了從下方殺過來另一名武士的手臂，對方循著來時的方向要逃走。次郎則是緊追上前舉起刀砍他，幾乎同時間，一條獵犬似球一樣從地面彈跳起，冷不防撲上來咬傷他的手臂，他不由自主地退後一步，在高舉的血刃下，卻眼看敵人在月光下形成一條黑影落荒而逃。次郎頓時覺得有種渾身肌肉一下子鬆弛無力的沮喪感，這才猶如噩夢初醒，發現自己剛好就站在立本寺的門前。

時間拉回到半刻以前，從正門攻擊藤判官宅邸的這群強盜，不幸中了敵人的埋伏，從中門的左右兩邊，被車棚的內外射過來的箭矢夾攻，令他們嚇破了膽，衝在最前面的真木島十郎被射中，箭桿深深插進大腿裡，根本站不住，於是滑倒在地。這只是開端，兩、三個人有的臉部中箭，有的射中手臂，他們慌忙地撤退。但敵暗我明，不知有多少弓箭手。在染羽及白羽的箭鏃交織著嘹亮的鳴鏑聲，迅疾飛猛地如雨點般射過來，連退在後面的沙金，黑色水干的衣袖也被流箭斜斜地射穿。

「快保護首領，別讓她受傷，用力地射吧！我們這邊也有箭吶。」

交野的平六使勁敲著斧柄，大聲叱喝著。忽然從強盜裡升起「噢！」一聲如箭矢般的尖嘯聲。手按在長刀柄上也退在後面的次郎聽見平六的這句話，感到一種苛責的意味。他悄悄地從旁瞄了一眼沙金的臉，只見沙金在這場騷動之際，沉著冷靜地背對著月光，拄著弓杖，也不掩飾嘴角露出的微笑，目不轉睛地看著箭矢紛亂交錯的畫面。——這時平六又焦躁地吼叫起來：

「為什麼要扔下十郎不管，你們害怕被箭射死，就眼睜睜看著夥伴被殺掉？」

十郎的大腿被射中，似乎想要站起來，卻站立不住，於是以刀為杖，撐著身子掙扎爬行，像拔掉了羽毛的烏鴉一般，閃躲著流箭的攻擊，次郎見狀，渾身感受異樣的戰慄。不覺拔起腰上的長刀，平六知道他的想法，斜眼瞧了他一眼，嘲笑似地說：

「你陪著首領就行了，十郎的事就交由我們幾個小嘍囉足矣。」

這句話讓次郎聽出諷刺意味的侮蔑，他咬著嘴唇以銳利的眼神回頭瞄了一眼平六的臉。——就在這節骨眼上，為了搭救十郎，幾名盜賊紛紛一湧而上，還沒等他們跑向十郎身邊，敵方就吹起一聲刺耳的號角作為信號，紛如雨下的亂矢之中，豎著耳朵、牙齒銳利的六、七條獵犬狂吠著，即使在夜晚也能清楚看見，牠們捲起白色沙塵，從門外迅猛地竄進來。接著，緊隨其後的是大概十個、十五個手裡拿著武器的武士，一聲吶喊之下，他們爭先恐後往宅邸外面簇擁而至，盜賊這一方當然也不甘示弱，掄著大鉞的平六衝在前鋒，從長刀與矛閃爍著寒光並排如林的隊伍裡，分不清是人或獸的聲音，只聽見一陣大聲嘶喊，將先前的畏怯恐懼一掃而空，個個情緒激昂，精神抖擻，準備給予敵人迎頭痛擊。沙金也把箭搭在弦上，始終微笑的臉上透著一股殺氣，敏捷地躲在路旁土牆倒塌處作為掩護，擺好了架勢。

很快地，敵人和同夥混戰成一團，他們發了瘋似地嘶喊著，前後繞著十郎倒下的地方，雙方你來我往，展開肉搏廝殺。過程中，獵犬又發出尖銳渴血的吠聲，到底誰勝誰負，一時之間未見分曉。這時同夥之中有一人繞到後面，身上混著汗漬和灰塵，大概還身受兩、三處輕傷，血跡斑斑地衝向這邊，看他扛在肩上長刀的刀刃斷裂處，可知經歷一番難以想像的苦戰。

「那邊大夥兒都要撤退了。」

那男人透過月光，來到沙金的前面，上氣不接下氣地說道。

「主要是因為太郎在門內被那些傢伙包圍住，打得很辛苦。」

沙金和次郎在昏暗的土牆陰影之中，兩人不由得四目相望。

「被包圍了，是怎麼回事？」

「我也不知道怎麼回事。不，照情況看來——他那麼威猛，我想肯定沒問題的。」

次郎轉過臉去，從沙金的身旁走開，當然那些小嘍囉不會察覺到那種事。

「連老頭和阿婆都受傷啦。看情形被殺掉的可能有四、五人吧。」

沙金點了頭。想追上次郎的腳步似的，跟著他的後頭，用嚴厲的語氣說：

「那我們也撤了吧，次郎你快吹口哨。」

次郎臉上所有的表情都凝固了似的，將左手指頭含在嘴裡尖銳地吹出兩聲口哨。這是只有夥伴們才知道的撤退暗號，可是盜賊們聽聞口哨聲，卻沒有人要轉身撤退的樣子（事實上是被敵人與猛犬所包圍，連轉身撤退的機會都沒有），口哨聲劃破悶熱夜裡的空氣，兀自消失於小巷的那頭。人的吼叫聲、狗的狂吠聲以及刀劍相互撞擊的聲響，撼動著遙遠天空的星星。

沙金抬頭望著月亮，如閃電般動了一下眉毛。

「沒辦法了。走，咱們掉頭回去。」

她的話還沒說完，次郎彷彿充耳不聞，再次將指頭含在嘴中，打算吹出第二次暗號的時候，只見盜賊中的幾個人紛紛亂了陣腳，向左右分開，敵人和獵犬一起朝他們逼近。說時遲那時快，在沙金的手中響起弓箭彈射出去的聲音，一隻白狗首當其衝，被響箭射穿牠的肚子，慘叫一聲隨即倒了下去，眼看著黑血斑斑地滴落在沙地上。跟隨其後的一名武士，毫不退縮掄起長刀從側邊向次郎直劈而來，次郎幾乎是下意識地擋住了攻擊，隨著長刀鏗鏘一聲，迸出了火花——借著月光，次郎從滲著汗水的紅鬍子和被劃破樺櫻禮服的武士，認出了對方。

隨著立本寺門前的景象在他的眼前歷歷如目，次郎突然感到一種可怕的疑惑，威脅著他的沙金該不會和這傢伙共謀，不僅要殺死我哥哥，連我也要一併殺害。瞬間產生的懷疑，使得次郎覺得眼前一暗，怒不可遏。他很快地如脫兔般敏捷地從對手的長刀下閃躲，把雙手緊握的長刀，奮力刺進對手的胸膛，那漢子馬上倒了下去，次郎將對方的臉狠狠地一腳踩下去。

他感覺到對手溫熱的鮮血濺在他手上。刀尖觸碰到對方的肋骨，承受著激烈的抵抗。接著瀕死的武士，在次郎幾次草鞋的踩踏下，依然咬了他好幾次。這一切都給予他復仇的心理強烈的刺激。不過，隨後他又被一種難以言喻的身心疲勞襲上心頭，要不是四周被敵人包圍，他恨不得立刻躺下去充分地休息個夠。可是正當他踩著對方的臉，欲將滴血的長刀從對方胸膛拔出來時，已經有好幾個武士從四面八方將他包圍。不僅如此，還有一名武士冷不防從背後偷襲，把矛頭對準次郎的背要刺下去。就在這時，武士身子前傾，沒想到一個踉蹌，矛頭割裂了水干的袖子，便臉朝下跌了個倒栽蔥，原來是當對方要偷襲時，一枝響箭凌空飛來，射穿了那人的後腦勺。

後來發生的事情，連次郎都覺得自己彷彿在做夢。他就像隻野獸一樣鬼吼鬼叫，也不看對手是誰，死命地抵擋來自前後左右的長刀攻勢，周圍人聲沸騰，人的嘶吼聲和兵器相互的碰撞聲混成一團，染滿鮮血和汗水的人臉在刀光劍影中出沒，除此之外，什麼也看不見。即便如此，次郎還是惦記著沙金的安危，就像長刀迸出火花般，那樣的念頭在他心上一閃而過。然而步步進逼的生死相搏，很快地又將那念頭抹去。接著，刀劍相擊的碰撞聲和流竄的響箭聲，宛如鋪天蓋地蝗蟲的振翅聲，在被倒塌的土牆堵住的小巷裡發出震撼的迴響。——次郎在這殺得昏天暗地之中，不知不覺被兩個武士和三條狗追趕著，逐漸順著小巷的南邊後退。

次郎殺掉對方的一名武士，又將另一名武士殺得落荒而逃，於是他覺得對付一條狗沒什麼可怕，但他想得太天真了。這三條狗可是優良的名犬品種，論體型，與小牛相比有過之而無不及，論毛色，都是茶褐色斑點的龐然大物。那些狗嘴邊沾染著人血，和先前一樣，朝著次郎的腳下一左一右地發動攻擊，次郎才把一條狗的下巴踢回去，另一條狗又朝著肩膀撲將過來，與此同時，第三條狗的利齒險些咬上拿著長刀的那隻手。三條狗在他面前擺成三角陣形，在他的前後兜圈子，牠們把尾巴豎起朝向天空，像是嗅聞沙土的氣味似的，前腳緊貼著下巴，狺狺地吠叫。方才殺死了武士，稍微鬆懈的次郎，想不到會被眼前的獵犬死纏不放，於是更加地惱火。

愈是焦躁氣惱，他揮出去的長刀愈是落空，稍一不慎連站都無法站穩，狗則是趁著那空隙，吐著熱氣的時候，輪番不斷地撲上來。事到如今，只剩下最後一招了，三十六計走為上策，於是他琢磨著最佳時機，說不定能找到逃脫的機會，抱持僅有的一線希望，他拖著落空的長刀，從一條準備咬他的狗背上勉強地躍過，在月光下奪命似地往前狂奔，但次郎這想法終究和將溺死之人緊抓住最後一根稻草沒什麼兩樣。獵犬見他逃跑，不約而同捲起了尾巴，揚起白色的沙塵，在他身後緊追不捨。

他打的如意算盤不僅是失敗而已，反而因為這樣陷入了虎口。——次郎從立本寺的十字路口險象環生地拐往西邊去，跑不到二町遠的距離，忽然聽見從破曉的前方傳來比後頭追逐著自己的狗叫聲更多的狗叫聲，那聲音像是穿透耳膜般的響亮。在月光的照耀之下，泛白的小巷，擁擠著一群野狗，宛如長了腳的黑雲左右亂竄似的，像是在彼此爭奪著食物的景象。幾乎就在同時，迅速追趕上來的一條獵犬超越了他，像是呼朋引伴發出嗥叫聲，那些發了狂的野狗群也齊聲呼應此起彼落地狂叫著，次郎也被捲進這群散發著腥臭毛皮狂亂舞動的漩渦。在深夜的小巷裡，如此聚集著大量的野狗本來不是常有的事。這十幾二十條猙獰的野狗在這京城的廢墟中饑餓貪婪地尋找血腥味，是為了搶奪因為疫病被丟棄在這裡的那個女人，牠們互相露出銳利的尖牙，啃咬著她的肉和骨頭，暴虐無道地享用著大餐。

狗一看見又有新食物，像被狂風吹掠的稻穗一般，從四面八方撲向次郎，一隻強壯的黑狗從他的長刀上一躍而過，接著一條沒尾巴狀似狐狸的野狗，從後面躍起掠過他的肩頭，血淋淋的觸鬚毛骨悚然地擦過他的臉頰，沾滿泥沙的腿毛又斜斜地撫過眉間，他手裡的刀究竟要砍要刺都無法定奪。不論瞻前顧後，全是閃爍著綠光的狗眼和不斷喘著氣的狗嘴，而且這無數的眼睛和嘴巴從路上密密麻麻地追逼到腳下。——次郎一邊掄起大刀，一邊想起豬熊阿婆說過的話。「反正橫豎都是死，索性殺個痛快。」他在心裡面喊著這句話，乾脆閉上了眼睛，一條狗撲上來作勢要咬脖子，將暖熱的氣息噴在他的臉上，次郎不覺又睜開眼睛，將長刀橫掃過去。這樣重複的動作不知來回了多少次，他的臂力愈來愈衰弱，長刀也愈來愈沉重，如今連腳也站不穩。更要命的是，這時候比殺掉的野狗更多的野狗成群結隊地從原野上，從坍塌的土牆邊，接連不斷地圍過來。

次郎抬起絕望的目光，瞥了一眼天上小小的月亮，雙手握著長刀架在胸前，如電光石火般想起了哥哥和沙金。原本想殺掉哥哥的自己，如今反而要被野狗給咬死了，沒有比這更好的天譴。——一思及此，他不禁熱淚盈眶，但狗仍毫不留情地攻擊他。一條獵犬輕捷地掃動茶褐色的尾巴，次郎突然感覺到左大腿被銳利的狗牙狠狠咬了一口。

就在這時，遠處傳來一陣達達的馬蹄聲，從月光微明的兩京二十七坊的夜色深處蓋住了喧鬧的狗吠聲，如風一般向著天空擴散開來……

×

這場腥風血雨的戰鬥中，唯獨阿濃佇立在羅生門的樓上，浮現安詳的微笑，眺望著遠處的月出。在微亮泛青的天色中，因乾旱消瘦了的月亮寂然地從東山徐徐爬升至天空，不知何時橫渡加茂川的木橋在蒼白水光中逐漸暗淡地浮現出來。

不僅加茂川如此，就連眼前的京城街道，方才還黑暗地籠罩著死人氣息，倏忽之間，也鍍上一層金色的冷光，猶如越國人[10]所見的海市蜃樓一般，九輪塔和伽藍屋頂寂然地閃耀著，在泛著若有似無的微光與影翳裡，所有的景象若隱若現包裹在漸明的夜色中。環繞街市的群山或許依舊返照著白日的餘暉吧，兀自讓山頂在朦朧的月光下，彷彿每座山都陷入沉思，從淡薄的雲靄上靜靜地俯視著一片荒蕪的街道。——其中阿濃聞到了淡淡的凌霄花的芳香，也許是從掩蓋著羅生門左右的濃密草叢裡，一簇一簇的凌霄花伸長花蔓，纏繞在古舊的門柱上，大概會朝著岌岌可危的屋瓦或是掛著蜘蛛網的屋簷攀緣上去吧……

倚靠在窗邊的阿濃翕動著鼻翼，盡情地吸著凌霄花的香味，一邊眷戀地想念著次郎，想著希望早日問世的懷中胎兒，接連不斷地想念著。——她不記得親生父母，也完全忘記了自己出生在什麼地方。依稀還記得幼年時，有一次不知被誰抱著或背著，途經像羅生門一樣塗著朱漆的大門下，這段記憶究竟有幾分可信，現在也不得而知。她能記得的，還是懂事以後發生的事情，而且淨是些最好不要想起來的事。有時是被城裡的孩子欺負著，從五條的橋上倒掛著被扔進河裡，有時是餓得受不了只好去偷東西，結果全身衣服被扒個精光，赤身露體的被吊在地藏堂的樑木上。在這樣偶然的機緣下被沙金拯救，自然而然加入了這幫盜賊的行列，所遭遇的痛苦也並沒有因此而減少，雖然她的天性近乎白癡，卻有一顆將痛苦當作是痛苦去感受的心。阿濃只要有不順豬熊阿婆的意，就經常遭受毒打，豬熊老頭也時常借酒裝瘋，要求不近人情的事情，就連平時關照她的沙金，一發起怒來也會揪著她的頭髮，將她拖行在地面團團轉。更何況其他盜賊們打她揍她，絲毫不留情面。每次挨罵挨打之後，阿濃總是逃到這羅生門上獨自抽抽噎噎地哭泣，假如不是次郎常常來安慰她，說一些好聽的話鼓勵她，或許她早就從城樓跳下去一了百了。

像煤煙似的東西輕飄飄在月亮裡翻飛著，從屋瓦下面向著窗外微藍的天空攀升，那肯定是蝙蝠。阿濃望著那天空，陶醉忘我地凝視著稀疏的星宿。——就在此

10 越國，日本北陸的舊稱。

時，她又感覺到腹中的胎兒鮮活地躍動著，她急忙豎起耳朵，覺察腹部的動靜。如同她的心想要逃避人間的痛苦而掙扎著，腹中的嬰孩也想要來品嘗人間痛苦似地掙扎著。阿濃是不會去想那種事，只有即將成為母親的喜悅，以及自己也能成為母親的喜悅，如凌霄花的芬芳一樣充滿她的內心。

她忽然驚覺胎動，或許是睡不著覺的緣故吧。因為睡不著，所以動著小小的手和腳在哭泣著也說不定呢。「寶寶是好孩子，好乖，睡吧，馬上就要天亮了。」——她對胎兒如此呢喃著，可是腹中的胎動卻不容易停下來，這時連疼痛也逐漸加劇了，阿濃離開窗子，蹲在那下面，背對著燈台昏暗的燈火，想安慰腹中的胎兒，便輕聲地唱起歌來。

豈能拋棄君，
我心自輕浮。
多麼美呀，松山的林梢。
我要越過波濤，

越過波濤尋找你。[11]

模模糊糊記住的歌聲隨著燈火搖曳，顫巍巍地在城樓內斷斷續續唱著。這歌是次郎喜歡唱的歌。每當他喝醉酒，必定手拿扇子，一邊打著拍子，一邊閉上眼睛，反覆唱個好幾遍。沙金常說那曲調很怪，而拍手笑著。——這首歌，腹中的孩子豈有不喜歡的道理呢。

然而，事實上這孩子是不是次郎的親生骨肉，任誰也無法判定。阿濃自己也唯獨此事，完全閉口不談。要是有盜賊不懷好意想要探聽誰是孩子的父親，阿濃總是雙手環抱在胸前，害臊似的眼睛往下看，更加執拗地沉默著，絕口不提半個字。每當此時，她那髒兮兮的臉蛋必然泛起少女的紅暈，不覺睫毛上也噙著淚水。盜賊們見到那樣子，更加地起鬨嬉鬧，連肚子裡孩子的父親都不曉得，嘲笑阿濃真是個傻里傻氣的女人。但阿濃心中十分堅定地相信，自己懷著的胎兒就是次郎的親骨肉。她相信自己戀慕次郎，懷了他的孩子也是理所當然的事。每次當她睡在這城樓上總

11 此乃《古今和歌集》之〈東歌〉，〈陸奧歌謠〉。

會夢見次郎，如果他不是孩子的爹，那麼誰又會是孩子的親生父親呢？——阿濃這時候一邊哼唱著歌謠，眼睛一邊凝望著遠方，也不知是否被蚊子叮咬，做著似睡非睡的夢。那是忘卻人世間的痛苦，又為那痛苦塗上色彩，美麗又淒涼的夢。（那是不懂得淚水的人不能夢見的夢。）在夢裡，一切的罪惡在眼底全都一掃而空。但只有人世間的悲哀——像充滿天空的月光一樣，人世間巨大的悲哀，仍然寂寞而嚴酷地殘留著。

多麼美呀，松山的林梢。
我要越過波濤，
越過波濤尋找你。

歌聲隨著燈火逐漸微弱而消失了。之後，隨之而來的無力呻吟聲，則彷彿誘惑著黑暗似的，幽微地傳出來。阿濃的歌聲唱到一半，突然下腹感到尖銳的疼痛。

×

被對手的防禦所擊敗的盜賊們，連攻擊後門的一隊，一開始就被防禦的箭矢猛烈射擊，接著又遭到從中門殺出的武士們慘痛反擊。幾個打前鋒的盜賊，原以為這些武士只不過是未經磨鍊的小夥子，根本不把他們放在眼裡，如今自亂陣腳，只得落荒而逃了。——其中最貪生怕死的莫過於豬熊老頭，他逃得比誰都快，但不知怎地，搞錯了方向，竟不知不覺闖入拔起長刀的武士當中。不論是酒滿腸肥的碩大體格，還是煞有其事拿著長矛的架勢，或許被敵人看作是驍勇善戰的一員猛將吧。武士看見他，互相使了個眼色，二人三人一組，並排著刀鋒，慢慢從前後包夾逼近。

「別搞錯人了。我是這家主人的奴僕呀。」

豬熊老頭驚慌失措地大聲喊叫著。

「胡說！你以為老子是那麼容易受騙上當的傻瓜嗎？——真是死到臨頭還嘴硬的老傢伙。」

武士們異口同聲地破口大罵，正準備一刀砍下去。這時，想逃也已無路逃，豬熊老頭的臉色終於變得像死人一樣蒼白。

「什麼胡說。什麼撒謊呀。」

他睜大眼睛，頻頻環視著四周，焦急地想找出路。額頭上直冒冷汗。雙手也顫抖個不停。但周圍不論從哪個角度看，都是雙方殊死搏鬥的戰場。在寧靜的月光下，盜賊和武士彼此廝殺，激烈的刀劍聲和叫喊聲混成一片，場面相當驚心動魄。——豬熊老頭覺得反正自己逃不了，立即判若兩人，橫眉豎目，眼露兇光，齜牙咧嘴，敏捷地端起長矛，盛氣凌人的叫陣道：

「說謊又怎樣？你們這群傻瓜、惡棍、畜生。有種來吧！」

緊接著這句話，從長矛的尖端迸出了火花。當中有一名孔武有力、臉上有著紅痣的武士從眾人之中跳出來，由側邊緊追不捨地殺過來。早已年邁的他，自然不是這名武士的對手，還沒和對方打上十回合，眼看著自己體力不支，槍法已變得紊亂，已無招架之力，便逐漸向後方退下去。不久，豬熊老頭退到了小路中間，那名武士舉起刀來，只聽見對方大叫一聲，豬熊老頭手持的長矛柄便咔嚓一聲從中間折成了兩段。接著又是一刀，這回從右肩到胸前斜砍下來，豬熊老頭一屁股坐了下去，眼珠像是要掉出來似地睜大著，大概是無法忍受突如其來的恐怖與痛苦吧，他失魂落魄地在地上胡亂爬行，並用顫抖的聲音大叫著：

「遭到暗算了。我被你們暗算了，救命啊，被暗算啦。」

紅痣的武士又從後方騰起身，揚起沾染鮮血的長刀。假如這時候，沒有那隻不曉得從哪兒冒出來猴子似的東西跑過來，在月光下翻飛著麻布單衣的下襬，跳進他們之間的話，恐怕豬熊老頭早成了刀下魂。但那隻猴子似的東西把老頭和對方一把推開，匕首迅疾一閃，冷不防插進對方的乳房下面。可是，與此同時，猴子似的東西也挨了對方橫掃過來的一刀，發出可怕的叫聲，宛如踩在燒紅的火鉗子上，猛力地彈跳起來，於是撲在對方的臉上，兩人一齊仆倒在地。

於是，兩人之間互相抓住對方，展開彷彿野獸般激烈的扭打。撕咬、揪頭髮……糾纏在一起，分不清彼此誰是誰。不一會兒，猴子似的東西騎在武士身上，只見匕首又閃了一下，被壓在下面武士的臉，只留著紅痣保持著原樣，眼看著，臉部蒼白已無血色。接著，大概猴子也精疲力竭，仰面癱軟倒在武士身上——這時，借著月光才發覺，這個奄奄一息，不斷喘著氣，滿臉皺紋，像癩蛤蟆似的，原來是豬熊阿婆的臉。

老太婆抽動肩膀喘著氣，橫臥在武士的屍體上，左手還緊抓著對方的髮髻，發出痛苦的呻吟。可不一會兒，又翻動她那白濁的眼睛，兩、三次極力張開乾裂的嘴唇：

「老爺子。老爺呀。」聲音極其微弱，卻包含親切的情感，呼喚著自己的丈夫。但，沒有人回答。當豬熊老頭獲得老太婆的搭救，早已丟掉武器和一切，在遍地血泊中連滾帶爬地不知逃往哪裡去了。當然，後來還有幾名盜賊揮舞著兵器，繼續和敵人拼死相搏。可是，對於這垂死的老太婆，所有人都和敵方的武士一樣，不過是陌路人罷了。——豬熊阿婆用愈來愈微弱的聲音，一次又一次地呼喚著自己丈夫的名字。她每次呼喚，都得不到丈夫的回答，她就深刻地體會到這種淒涼悲傷比自己身上負的重傷更尖銳地刺傷她的心。她的視力迅速衰弱，周圍的光景逐漸變得模糊不清。除了自己上方那一望無涯的巨大夜空和掛在其中一輪小小白色的明月之外，她已無法明確地分辨任何一物。

「老爺子呀。」

老太婆把和著血的唾液含在口中，低語似地說著，她的神態恍惚，便向著失神的深淵——向著恐怕永遠不會甦醒的睡眠深淵昏沉地墜落下去。

就在這時，太郎跨在栗色的無鞍馬上，把血染的長刀啣在嘴裡，雙手拉著韁繩，宛如暴風般飛馳而去。那匹馬不用說，正是沙金看上的產自陸奧的三歲駿馬吧。盜賊們早已七零八落，撇下死人逕行撤退，月光照耀下的小路像是鋪了一層霜似的白。太郎騎在馬上，微風吹拂著他的一頭亂髮。他環顧四下，頗為自豪地望著後方謾罵叫囂的人群。

他理應感到自豪。當他看見夥伴們一個個被擊潰，就暗自下了決心，即使別的東西搶不到，至少也要搶到這匹馬。於是，照著他的決心，便揮舞著那把纏著葛藤的長刀，砍殺阻擋在他面前的武士，隻身進入門內，毫無困難地踢破馬廄的門，不等割斷繫馬的韁繩，就迫不及待跳上馬背，雙腿一夾，四蹄騰躍在半空，策馬突破重圍。為此他身上不知多少處受了傷，水干的衣袖撕裂了，烏帽掉落只剩下繫帶，被扯得稀爛的裙袴也染滿了血腥。然而，即便如此，在如林的長刀和戈矛之間，他大發神威，見一個殺一個，見二個殺一雙，如今想起當時衝鋒陷陣，殺開一道血路的情景，欣喜之餘便毫不足惜。——他騎在馬上，頻頻回首，嘴邊漾著朗朗的微笑，意氣風發地策馬奔馳著。

在他的念頭裡，既想著沙金，同時也想著次郎。他叱責自欺欺人的懦弱，卻仍然幻想著有朝一日沙金的心會向著他，像夢一般在心裡描繪著。要不是自己的本事，有誰能在這種情況下搶走這匹馬？對方不僅有人和，還占著地利的優勢。如果是次郎的話——在他的想像裡，一瞬之間，閃過次郎被砍殺，伏屍在武士們的長刀之下的場面。當然，對他來說，這個想像絲毫沒有不快的感覺。不，倒不如說，在他內心裡的某個東西，是祈求著它化為事實。無須親自動手，就能藉別人的刀殺掉次郎的話，不但可以免除良心的痛苦，從結果上來看，也不用擔心沙金因此而憎恨自己。如此想來，他畢竟還是會愧疚於自身的卑鄙而感到羞恥。於是，他把啣在嘴上的長刀拿在右手，慢慢地擦去上頭的血跡。

就在他把擦拭過的長刀鏗然地收進刀鞘時，正要拐進十字路口的他，只見前方的月光下，傳來說不清是二、三十頭，群聚的野狗在那邊狺狺的狂吠聲。而且在野狗群中有一人揮著長刀，背對坍塌的土牆，顯出朦朧的黑影。正思忖著，霎時馬兒高聲嘶鳴著，甩動長長的鬣毛，四蹄揚起沙塵，如疾風般瞬間把太郎帶到了那裡。

「是次郎嗎？」

太郎忘我地叫著，眉頭緊鎖，看著弟弟，次郎也一邊揮刀砍殺，轉過頭來看了哥哥。於是，就在一剎那之間，兩人互相感覺到潛藏在對方的眼睛深處，潛藏著可怕的東西，這確實是剎那之間的感受。馬兒好像被狂吠著的野狗威嚇住的樣子，昂起了馬首，用前蹄划著大圈，比剛才更疾速地凌空飛奔，只見灰濛濛的塵埃在夜空下，化成一道白柱旋舞升騰著。次郎仍站在野狗群中孤身作戰……

太郎——驚惶失色的太郎臉上，已不見剛才微笑的影子。在他心裡面，有什麼在低語著，「跑呀、跑呀！」只要跑上一時半刻，所有的一切就結束了，他要做的事，總有一天不得不做的事，野狗自會替他做的呀。「跑呀，為什麼不跑？」這低語聲一直在他耳邊迴響著。是啊，反正這種事總會發生的，只是早晚的問題。假使弟弟和自己的角色互換，他肯定也會採取相同的態度，做我現在想做的事。「跑呀！離羅生門不遠了。」太郎的獨眼含著病熱似的光芒，下意識地踢了馬腹。駿馬的尾巴和鬣毛在風中長長地飄揚，蹄子飛散著火花勇往直前地狂奔。一町二町，月光下的小路在太郎的膝下，像湍急的河水向後方流逝而去。

接著，一個再親切也不過，教人懷念的詞語，從他的口中流淌而出，「弟弟」。是骨肉的，自己難以忘懷的親弟弟。太郎緊握著韁繩，變了臉色咬緊牙關，面對這句詞語，一切的分別心皆拂過眼底消失了，這並非被迫去選擇弟弟或沙金，而是這語句直截了當，像電光石火撼動了他的心。他看不見天空，也看不見路，只覺得月亮照得刺眼，他所看見的，只是無盡的夜，像夜一般深沉的愛憎。太郎發瘋似地一再喊著弟弟的名字，他把身子向後仰翻過來，單手猛地拉著韁繩，馬頭一下子便轉了方向，白雪般的泡沫又溢出栗色馬的嘴邊，馬蹄幾乎要碎裂似地敲打著大地。——一瞬之間，太郎陰慘暗淡的臉上，獨眼宛如噴火般閃耀著，他義無反顧地驅策著汗馬，再次返回原來的地方。

「次郎。」

在接近的過程中，他一路高喊弟弟的名字。也許內心翻江倒海的感情風暴，藉此機會一古腦兒地宣洩出來，那聲音帶著敲打燒紅的鐵塊震天價響，尖銳地貫穿次郎的耳朵。

次郎盯著馬背上的哥哥。那不是平常所見的那個哥哥，甚至也不是剛才見死不救的哥哥，那陰狠緊鎖的眉宇裡，緊咬著下唇的牙齒，還有怪異灼熱的獨眼裡，次郎看見一種近乎憎惡的愛——至今從未知曉，不可思議的愛正熊熊燃燒著。

「快騎上來。次郎。」

太郎以隕石墜落之勢，躍馬進入野狗群中，在小路上斜斜地兜圈打轉，以叱吒之聲如此說著。在這關鍵時刻，容不得任何躊躇和浪費時間的猶豫。次郎手持長刀使勁往遠處扔出去，趁著野狗轉頭追著長刀的間隙，輕捷地跳上馬背，太郎也在那瞬間伸出長臂，抓住弟弟的衣領，死命把他拉上來。——當馬兒甩動脖子，鬣毛拂動著月光，三次轉變方向時，次郎已妥妥坐在馬背上，緊抱著哥哥的胸膛。

霎時，一頭滿嘴沾著鮮血的黑狗可怕地嗥叫著，捲起沙塵朝著馬鞍撲上來，尖利的牙差點咬傷次郎的膝蓋。臨危之際，太郎提起腿使勁踢著栗色馬的腹部。馬兒一聲長嘶，早把尾巴甩在半空中。——那尾巴的前端掃了一下黑狗的嘴邊，使牠撲了個空，只扯斷次郎的綁腿，便向著野獸的漩渦裡，倒栽蔥跌了下去。

可是，次郎彷彿做著美夢般出神地看著這一切。在他的眼裡，既看不見天，也看不見地，只看見抱著他的哥哥的臉龐——這張臉全神貫注地直視前方，半邊浴著月光，神情顯得和藹而莊嚴，他感覺到無限的安息充塞在內心，那是自從離開母親膝下多年來不曾感受過的，靜謐而強大的安息。

「大哥。」

彷彿忘記自己還在馬背上，次郎緊緊抱住哥哥，欣悅地微笑著，把臉頰埋在紺色水干的胸前，簌簌地落下淚水。

半個時辰後，他們來到空無一人的朱雀大路，靜靜地策馬前進著，哥哥默不作聲，弟弟也不開口。闃寂無聲的夜，只有清脆的馬蹄聲在空中迴盪，兩人上面的天穹橫亙著清涼如水的銀河。

八

羅生門的夜晚還未破曉。從下方看上去，只見傾斜的月光在生冷露濕的屋瓦以及朱漆剝落的欄杆上獨自徘徊，羅生門下方被高高的屋簷遮擋著風和月，悶熱的幽暗處，不斷被豹腳蚊大肆侵襲，空氣彷彿食物餿掉似地凝滯著。從藤判官宅邸撤退的一群盜賊，在那黑暗裡頭，點燃微弱的火把圍在一起，有的站著，有的臥著，有的蹲在圓柱的底部，各自忙著創傷的治療。

當中，傷勢最嚴重的是豬熊老頭。他將沙金的舊袿衣鋪在地面，仰臥其上，半閉著眼睛，用沙啞的聲音時而驚悸地呻吟著。他疲憊困頓的心，搞不清楚自己到底是暫時躺在這裡，還是一年前就已經睡在此地。彷彿嘲笑著瀕死的老頭，他的眼前出現變化多姿的幻影，在虛空中不停地交錯，這些幻影和現在發生在羅生門城下的事情，對他而言，終歸合成同一個世界。他分辨不出時間和空間，在昏迷之中，他以正確又超乎理性的某種順序，栩栩如生地，又重溫一遍自己醜惡的一生。

「喂，老太婆，老太婆怎麼樣了，老太婆。」

他被孕生於幽暗又消失於幽暗的恐怖幻影所脅迫，身體不由自主扭動，掙扎地呻吟。這時，用汗衫袖子包住額頭的傷從一旁探出頭來的平六，說了這麼一句：

「你問老太婆呀，她已經去極樂淨土啦，大概正待在蓮花座上，著急地等候著你吧。」

說完之後，他為自己開的玩笑哈哈大笑起來，回過頭對坐在對面另一個角落，為真木島十郎包紮腿傷的沙金搭話：

「頭兒，看來老頭子活不成了，看他這樣痛苦，實在於心不忍，索性讓我一刀送他上西天。」

沙金爽朗地笑著說：

「不要開玩笑了，橫豎都是要死，讓他自生自滅吧！」

「我明白了，那就這樣吧。」

豬熊老頭聽他們的對話，一種預感和恐怖襲向他，全身像是瞬間凍僵似的感覺。接著，他又大聲地呻吟著。這個對敵人怕得要死的膽小鬼，也曾以平六所說相同的理由，不知多少次用矛頭刺殺瀕死的夥伴。或僅僅想要向他人展現自己的勇氣，出於這樣單純的目的，幹出喪盡天良的殺人行徑，然而，現在——

有人似乎不知他痛苦地，哼起這樣的歌謠：

黃鼠狼吹笛子，
猴子彈奏樂器，

蝗蟲打拍子，
蟋蟀跳著舞。

啪的一聲，響起拍打蚊子的聲音。當中又有人喃—喲地打起拍子。兩、三人搖晃著肩膀，無聲地嘿嘿笑了起來。——豬熊老頭渾身顫抖著，為了確認自己還活著。他努力睜開沉重的眼皮，一動不動地望著火光。燈火在那火焰周圍晃動無數的光輪，被執拗的夜所攻擊。一隻小小的黃金甲蟲發出嗡嗡聲，飛過來，飛進那光之輪，羽翅被燒灼而跌墜地面，焦臭的氣味一古腦兒衝入鼻子。

如同蟲子的命運，自己不久後也將要死去。死了的話，反正也是成了蛆蟲和蒼蠅吃盡血肉的身軀。啊，我就要死了，然而，夥伴卻盡情唱歌，大聲笑著，若無其事地吵鬧著。這麼一想，豬熊老頭像是侵入骨髓似的，心中燃起一陣無名火，感到痛苦萬分。於此同時，有個像轆轤似不停旋轉的東西，飛迸著火花落到他的眼前。

「畜生。不是人。太郎。喂！這個惡徒。」

這些話從他不靈活的舌尖，斷斷續續流淌出來。——真木島十郎盡可能避免大腿傷口疼痛，悄悄地翻過身來，用乾啞的喉音，對沙金低聲說：

「太郎真被他恨入骨髓哩。」

沙金皺著眉頭，瞥了豬熊老頭一眼，點點頭。用哼歌般鼻音很重的聲音問道：

「太郎到底怎麼樣？」

「八成是沒救了。」

「說看見他已經死的是誰？」

「我看見他和五、六人相互砍殺哩。」

「唉唉，頓生菩提、頓生菩提。」

「次郎也沒見著影吶。」

「說不定，也魂歸西天了。」

太郎也死了，阿婆也已不在人世間。自己很快地也會死掉吧。要死掉，死是什麼哩？無論如何，自己是不願死的。要死去，如同蟲子一般，毫不費力地死去。——這些莫名其妙漫無邊際的念頭，像那黑暗中嗡嗡叫著的豹腳蚊，從四面八方，滿懷惡意地刺上心間。豬熊老頭感到無形的，令人畏怖的「死」正在塗著朱漆的圓柱對面，耐心地窺探自己僅存的氣息。感覺「死」正殘酷又沉著地凝視自己的痛苦。並且一點一滴地朝這邊挪過來，像要消逝的月光，逐漸靠近枕頭邊，無論如何，自己是不願死去的——

夜晚誰與相眠，
共枕常陸之介，
寢之肌膚欣歡。
男山峰楓葉紅，
必然揚名天下。

同時哼唱的鼻音與榨油木棒之聲似的呻吟混成一片。有人在豬熊老頭的枕邊吐一口唾沫，如此說道：

「咋不見阿濃那傻妞呢？」

「對耶，怎麼不見了。」

「八成在上頭睡著了吧。」

「哎，上面有貓在叫。」

大夥兒一下子變得鴉雀無聲。只剩下豬熊老頭不絕於耳的呻吟聲，以及微弱的貓叫聲傳至耳裡。流動的風開始暖和了起來，在柱間吹拂著。輕輕送來凌霄花淡淡的清香，不知從哪兒竄上大夥兒的鼻子。

「聽說貓也會化成妖精哩。」

「阿濃的對手還是化成貓的老傢伙最相稱。」

這時，沙金衣服窸窣作響，她以戒慎的口氣說：

「不是貓。最好哪個上去看一下唄。」

交野的平六應聲而起，長刀的刀鞘碰撞著柱子。通往樓上的梯子有二十幾格階梯，掛在柱子另一側。——所有人，不約而同地感到莫名的不安，一時之間誰也沒有開口說話。只有夾帶著凌霄花淡淡的香氣拂面而來，突然聽見樓上傳來平六大聲叫嚷的聲音。接著，響起一陣急促下樓的腳步聲，攪亂了驚恐而濃重的黑暗。——肯定是出了大事。

「哎呀。阿濃那傻妞兒生孩子啦。」

平六走下樓梯，就把舊被衣包裹著的一個圓鼓鼓的東西，放在燃燒熾烈的火光下展示給大夥兒看。散發著女人臭味髒兮兮的衣物裡面，甫出生的娃兒與其說是人，倒像是剝了皮的青蛙，大大的腦袋沉重地晃動著，皺著一張醜臉蛋兒，哇哇大哭著。不管是薄薄的胎毛還是細小的手指，同時撩起人的嫌惡感與好奇心。——平六環顧著左右，搖晃著襁褓中的娃兒，洋洋自得地說道：

「我上去一瞧，阿濃這廝，趴在窗下，像是死掉一樣，在那裡悶哼著，雖說是個傻子，到底是個女人吶。我以為她身上什麼病痛，沒想到走近一看，把我嚇了一跳。被掏出來像是魚腸般的一堆東西在幽暗中啼哭著。伸手一摸，那東西就抽動了一下，看見身上沒有毛，覺得肯定不是貓。於是，一把抓起來，就著月光仔細一看，就是這誕生的娃兒呢。你瞧，胸前和腹部的紅腫處，應該是被蚊子叮咬的吧。阿濃這下做母親了。」

站在火把前面，圍繞著平六的十五、六名盜賊，有的站著，有的臥著，大夥兒都伸長脖子，露出陌生人似的親切微笑。守望著這個懷著生命的，紅紅的，醜陋的小肉塊。娃兒也不安分，手舞足蹈地動來動去，最後把腦袋往後一仰，不一會兒工夫，又哇哇大哭起來，讓人見到尚未長牙的小嘴裡——

「哎呀，有舌頭哩。」

先前哼著歌的男人，頓時發出瘋狂的聲音說，惹得大夥兒像是忘卻傷口的疼痛似地哄堂大笑。——這時，彷彿追著那笑聲似的，豬熊老頭突然拼盡不曉得哪兒來的殘存力氣，從大夥兒的背後發出兇狠的聲音說：

「讓我瞧瞧那孩子。喲！讓我瞧瞧那孩子，咋地不給看嗎？哼，混帳東西！」

平六用腳踢了踢他的頭，然後，語帶威脅地說：

「要看，就看啊。你才混帳哩。」

平六彎著身子漫不經心地把娃兒擺在他面前，豬熊老頭睜開大大的混濁的眼睛，像是要把娃兒吃掉似的，目不轉睛地盯著看。看著，看著，他的臉色逐漸像蠟一般地蒼白起來，眼皮滿是皺紋的眼裡熱淚盈眶。而且，顫抖的嘴唇邊上泛起微妙的笑紋，至今從未有過的天真表情，不知不覺也使得臉上的肌肉線條變得柔和起來。並且，向來碎嘴嘮叨的他，竟沉默地不說一句話。大夥兒明白「死」終於攫住了這個老頭。但沒人能懂他微笑代表著什麼意思。

豬熊老頭躺臥著，慢慢伸出手，悄悄地觸摸了娃兒的手指，娃兒忽然像是被針刺到似的，發出淒慘的哭聲。平六想罵他又不敢出聲。因為他覺得這個老人不同於以往，只有這個時刻，在他毫無血色而酒滿腸肥的臉上，有種異樣的不可侵犯之莊嚴神態。甚至在他面前的沙金，也像是在等待什麼似的，屏息凝神注視著養父——同時也是自己情人的臉。然而，老頭依然沒有開口。但是有一種祕密的喜悅，恰似黎明吹來的微風一般，在他的臉龐上平靜而舒暢地蕩漾開來。這時，他在黑暗的夜裡，看見了人類的目光所無法觸及，遙遠的天空裡，寂寥而冷冷地亮起，不滅的黎明。

「這孩子——這孩子，是我的親生骨肉啊。」

他的話十分清楚明白，然後，再一次觸碰娃兒的手指，他的手便軟弱無力地癱了下去。——沙金將他的手從旁悄悄地托住。十幾名盜賊彷彿沒聽見這句話似的，大夥兒全都屏息不動。沙金抬起頭，看著手裡抱著嬰孩那個交野平六的臉，點了頭。

「這是痰卡在喉嚨裡的聲音。」

平六自言自語地低聲說著。——在害怕黑暗而啼哭的嬰兒聲中，豬熊老頭帶著些微的痛苦，像即將熄滅的火把似的，安靜地停止了呼吸。

「老頭子終於翹辮子啦。」

「這麼一來。強暴阿濃的人就水落石出嘍。」

「屍體待會就埋在那竹林裡唄。」

「要讓他去餵烏鴉，想想也真夠可憐。」

微寒的清晨，盜賊們你一言我一語如此交談著。這時，遠處微微地傳來雞啼聲。不知不覺好像天快亮了。

「阿濃呢？」沙金說。

「我要把現成的衣服都給她蓋上，讓她好好睡覺，看她那瘦弱的身子，應該不會出什麼岔子吧。」

平六的回答，一反常態的溫柔。

不一會兒，兩、三名盜賊將豬熊老頭的屍骸運至羅生門外。外面天尚未亮，於拂曉暗淡的月光裡，蕭條的竹篁也微微搖曳著竹梢，凌霄花的馨芳更加的濃郁甜美，隨風飄送過來。時而發出細微聲音的，許是滑落竹葉的露珠吧。

「生死事大。」

「無常迅速。」

「比起活著的時候，死後的這張臉似乎更和藹可親啊。」

「看樣子，真是變得比之前更像個人吶。」

豬熊老頭的屍骸染著斑斑的血跡，在這段談話聲中，通過茂密的竹子和凌霄花，慢慢地被扛進林子裡去。

九

翌日，在豬熊的一棟家屋內，發現殘忍地被殺害的一名女屍。那是個年輕、豐滿而美麗的女人。看她身上的受傷情形，顯然在死前曾經相當激烈地抵抗過，能夠作為證據的東西，只有被堵在死屍嘴裡，枯葉色的水干衣袖一角罷了。

另外，有件事很不尋常，就是在那戶人家當下女的名叫阿濃的女人，雖在同一個地方被人發現，但身上卻意外地沒有半點受傷，在接受檢非違使的調查時，阿濃大致做了以下的供述，之所以說是大致，是因為阿濃天生幾近白癡，所以要獲得更確切的描述，是相當困難的。

那天夜裡，阿濃在深夜忽然醒來，看見叫做太郎和次郎的兩兄弟，不曉得為了什麼，正激烈地和沙金大聲爭吵著。正思忖著到底是怎麼一回事，只見次郎倏地抽出長刀砍向沙金。沙金邊呼叫救命，邊想辦法逃命。就在這時，太郎似乎又捅上一刀。接下來，只聽見二兄弟的咒罵聲以及沙金痛苦的哀鳴聲。不久，女人斷了氣，兩兄弟忽然相互擁抱在一起，長時間陷入沉默，安靜地哭泣著。阿濃雖然從門縫裡窺見了所有的過程，卻沒有動身去救主人，純然是不想讓襁褓中正在熟睡的娃兒受傷的緣故。

「還有，那個名叫次郎的，就是這孩子的親爹。」

阿濃忽然漲紅著臉，如此說道。

「接著，太郎和次郎就到我的房間來，要我多保重。我讓他們看孩子，次郎微笑著撫摸孩子的頭，眼眶裡滿是淚水。我當時好希望他們能多待上一會兒，可是兩人急匆匆地離開了，大抵是騎上栓在枇杷樹的那匹馬，不知上哪兒去了。馬不是二匹，這點我可以確定。當我抱著這孩子，從窗戶看下去，因為有月亮，照得十分清楚，是兩人共騎一匹馬。後來，我也不管主人的屍體，又悄悄鑽進被窩睡覺。由於經常看見主人殺人，所以對於屍體，我一點也不害怕。」

檢非違使總算弄明白這一點。然後也曉得阿濃是無罪的，於是很快就釋放了她，還她自由之身。

後來，約莫十多年後，削髮為尼，獨自養育孩子的阿濃，看見丹後守的某人的隨從，以驍勇聞名的漢子從她身邊經過，她曾經對別人說，那個人就是太郎。的確，那漢子的臉上也有些痘疤，而且同樣是瞎了一隻眼睛。

「如果是次郎的話，我肯定馬上衝過去見他，可是，我害怕那人……」

阿濃做出像少女一般的嬌態，如此說道。可是，對方是否真是太郎，誰也不得而知。只不過從那以後，據傳聞，那漢子也有個弟弟，而且侍奉著同一位主人。

俊寬[1]

俊寬曰：「……神明以外別無他求，唯吾等一心向佛。……唯修行佛法，方能超脫生死，臻於極樂之境。」

——《源平盛衰記》

（俊寬）思慮良久，於是有此念想。「君不見思吾友如見海邊之柴庵。」

——《源平盛衰記》

一

你是說俊寬大人的故事嗎？世間再沒有像他的故事如此荒誕，被世人以訛傳訛還信以為真。不，不光是俊寬大人的故事，就連我——有王自身的事，也像是憑空捏造一般，與事實相去甚遠。眼下不久前，某琵琶法師[2]所唱的內容，不是這麼說嗎？「俊寬感嘆之餘，用頭去撞岩石，發狂而死，我扛其屍骸，憤而投海而亡。」一聽來教人心酸。還有位琵琶法師唱道：「俊寬與那個島上的女子，二人結成夫婦，生了一堆孩子，過著比京都還幸福的生活。」說得煞有其事。前面那位琵琶法師所言之事，根本是無稽之談，我有王至今活得好好的，這就是最好的證明，至於後面這位琵琶法師所述，更是一派胡言，怎能信以為真？

說到底琵琶法師這種人最拿手的，就是在我們面前把話說得天花亂墜，他們的撒謊技術可真是高明，連我也不得不甘拜下風。當我聽到他說，俊寬大人在屋頂鋪著竹葉的小屋裡，逗著孩子們玩的段子，不覺浮現出微笑，而當我聽到他提及，俊寬大人在潮浪拍岸的月夜發狂而死的情景，甚至忍不住落下淚來。雖說，琵琶法師

1 俊寬（一一四三—一一七九），平安時代後期僧侶，一一七七年提供位於京都東山的山莊進行討伐平家的密議場所，後陰謀敗露，被流放到鬼界島。

2 琵琶法師，日本平安時代的盲眼僧侶，類似吟唱詩人，他們會在路旁演奏琵琶，述說遙遠年代的故事。

所說的一切皆是杜撰而來，但這些杜撰的情節，肯定會像琥珀裡的蟲子一樣，留傳於後世吧。既然如此，倘若我不趁現在將俊寬大人的實情說出來，不知道琵琶法師還要捏造多少離奇的故事哩！——你說的就是這意思吧？沒錯，你說得很對。值此良夜漫漫，就讓我說說到那遙遠的鬼界島，找尋俊寬大人當時的情形吧。不過，我可不像琵琶法師那樣把故事說得引人入勝。我所說的故事唯一可取之處，在於從頭到尾是我有王親眼所見，親身經歷的事實，絕無半點加油添醋。就算聽起來平淡乏味，就姑且聽我娓娓道來吧。

二

我渡海來到鬼界島，是治承三年五月底的一個陰鬱的下午。琵琶法師也提起過，那天的傍晚時分，我終於見到俊寬大人。而我們相會的地方是空無一人的海邊，只見灰色的海浪湧上沙灘又頹然崩落，真是寂寥的海邊啊。

俊寬大人當時的模樣是——若依照世間流傳的說法是這樣的，「乍看以為是童子，但面容卻蒼老，以為他是法師，但他的頭髮上又生出許多朝天長的白髮。不時用手撣掉身上的灰塵與藻屑。脖子細細的，腹大如鼓，皮膚黝黑但手腳細長。看上去似人又非人。」其實這部分的描述大抵上是杜撰的，尤其是脖子細細的，腹大如鼓的形狀，八成是從地獄變的圖畫所衍生的聯想吧。很可能因為這個地方名為「鬼界島」，所以順理成章用餓鬼來形容俊寬大人的模樣。原來呢當時的俊寬大人頭髮確實很長，膚色也曬黑了，除此之外，容貌還是和從前一樣，沒什麼改變——不，不僅沒什麼改變，看起來比往昔更結實，更讓人有種可依靠的信賴感。他在離岸邊不遠的地方獨自漫步，海風靜靜地吹動他法衣的下襬——我看見他手裡提著一條，該怎麼說呢，是串在竹枝上的小魚兒。

「僧都！您安然無恙真是太好了，是我！有王！」

我情不自禁地飛奔過去，興奮地大聲叫著。

「喔喔，是有王呀！」

俊寬大人似乎很訝異地端詳我的臉龐。這時候，我已激動地抱著主人的膝蓋，喜極而泣。

「歡迎你來，有王！我還以為這輩子再也見不到你。」

霎時之間，俊寬大人似乎也淚眼婆娑，但沒多久他便將我扶起來，像慈父一般安慰我。

「別哭，別哭，幸好有佛菩薩的保佑，咱們今天總算見面了。」

「好的，我不哭了。請問您住在這附近嗎？」

「你說我住的地方呀？就在那個山陰處。」

俊寬大人用提魚的那隻手指了指，循著他所指的方向望去，附近的海邊有座山丘。

「雖說是住的地方，可不是檜木樹皮蓋的那種房子喲。」

「是的，這我曉得。不管怎麼說，這兒畢竟只是座荒島。」

話說到這裡，我又禁不住哽咽起來，無法順利說下去。主人如往常一樣，露出親切的微笑說：

「不過，住起來挺舒服的呐。睡覺的地方，你就當作自己的家，想做什麼都可以，不要拘束，隨我一道去看看吧！」他一派悠閒地走在前面引領我。

不久之後，我們從濤聲震天的海邊，走入靜寂的漁村。淡白的路上，兩旁皆種植榕樹，從樹梢垂下來的枝上，肥厚的葉片閃閃發光。在這些樹木之間，點綴著鋪著竹葉的屋頂，那是這座島上土人的家。然而，每當我在那房子裡，見到赤焰焰的竈火，或難得一見的人影時，便確切感覺到自己身在村里，久違的安心感亦隨之湧上心間。

主人不時回頭告訴我，這房子裡面住著琉球人，或那個豬圈裡養著豬。比起這個更令我高興的是，連烏帽子都沒得戴的男女土人，一見到俊寬大人，都一定會向他行禮。尤其是有一次，就連在屋子前面追著雞的女孩竟然也對他行禮如儀？我心裡當然很高興，卻也不免感到詫異，便私下問主人，究竟是何緣故？

「我曾聽成經大人與康賴大人說過，島上的土人都跟惡鬼一樣冷酷無情，可是……」

「這樣啊，京都的人們肯定會那麼想的。儘管現在是被稱作流放者，但我們過去也是京都的人吶，屬於邊疆的百姓，不論哪個時代，只要見到京都的人，都會低下頭來行禮以示尊重。名叫業平以及實方的二位朝臣，不也是大同小異嗎？像他們那樣的京都人，也像我一樣被流放到東國與陸奧等窮鄉僻壤之地，或許也因此踏上意想不到的快樂旅程亦未可知。」

「聽人家說，實方朝臣等人去世之後，由於一心想念京都，而化身為廚房裡的麻雀，棲息在他們的故鄉。」

「會散播這種流言的，是和你一樣的京都人。京都人一提到鬼界島上的土人，便覺得像惡鬼一樣。這種說法實在值得商榷。」

那時，又有一名女子向主人低頭致意。她恰好就站在榕樹的陰影處，懷裡抱著幼兒，許是被那樹葉遮住，身穿紅色單衣的姿態，在夕照下更形顯著。主人也隨即優雅地回禮，並小聲地告訴我：

「那是少將的夫人啊！」

我著實感到訝異。

「您說夫人，難道成經大人和那名女子已結為連理？」

俊寬微微一笑，同時點了點頭。

「她手裡抱著的正是少將的孩子喏！」

「聽您這麼一說，再仔細端詳這娃兒的漂亮臉蛋與邊疆地區毫不搭軋。」

「什麼？漂亮的臉蛋？怎樣才算是漂亮呢？」

「我想是眼睛細，臉頰豐潤，鼻子不太高，清麗娟秀的臉蛋。」

「那也是京都人的偏好呀！在這島上，卻是大眼睛，臉龐削瘦，鼻子高挺，神采奕奕的臉蛋比較受人推崇，所以說，在這座島上不會有人說她是漂亮的。」

我不由得笑了出來。

「這是土人的悲哀，不懂美為何物！那麼這座島上的土人要是見到了京都的貴婦，或許會嘲笑她們長得醜吧？」

「不！這座島的土人並非不懂審美。只是青菜蘿蔔各有所好。但這種喜好，也不是萬代不變的。最好的證據，只管去觀察那些佛寺裡的佛像就會發現。連三界六道的教主、十方最勝、光明無量、三學無礙、引導億萬眾生之能化的南無大慈大悲釋迦牟尼如來也是如此，具有三十二相、八十種善的化身，也因為時代的變遷展現出不同的面貌。佛像尚且如此，那麼美人的審美標準，也會隨著時代有所不同。即便是京都，未來的五百年或是一千年後，當人們的喜好有所轉變時，不光是島上的土人，說不定像南蠻北狄那樣其貌不揚的女子，有一天也會成為人們追求的時尚之美，亦未可知。」

「怎麼可能有這種事，無論哪個時代，都應該保有我國的特色吧。」

「但我國的特色也不是一成不變，總會隨著時間地點產生變化，比方說當代貴婦的容貌，根本就是唐朝佛像的翻版，說穿了，京都人對於美貌的追求，豈不是受到唐土影響最佳的證明嗎？所以說人皇數代之後，說不定也會為了碧眼的胡人容貌神魂顛倒。」

我很自然地微笑，主人一如往常，不厭其煩地開導我。「不僅外貌沒什麼改變，就連內心的想法也如同往常。」——我如此暗想著，耳畔彷彿聽見鐘聲，從遙遠的京都傳來似的，那麼清澈響亮。

這時，主人已緩步慢行至榕樹下，一邊對我這麼說：

「有王，你可知道我來到這座島上，令我最開心的是什麼事嗎？我告訴你，那就是我再也不用每天聽囉嗦的老婆不停地抱怨過日子。」

三

那天晚上，我在燈台的照明下，接受主人熱情的款待，原本內心感到惶恐，覺得受寵若驚。但承蒙主人好意，席間還有兔唇的童子隨身伺候，因此我也就留下來陪他用餐。

他的房間，四周環繞著竹枝搭建的走廊，類似僧房的構造。走廊的垂簾外還有一叢種在前院的綠竹。儘管燒著茶花油，但光線太微弱，照不到竹叢那麼遠的地方。他的房間裡不只有皮箱，還有佛龕和桌子——我知道那皮箱是離開京都時帶過來的，佛龕和桌子是島上土人製作的，雖然手工粗糙，聽說用的是琉球的赤木，算是上好的木材。佛龕上供奉一卷經文，還有一尊阿彌陀如來，佛像莊嚴地閃耀著金色的光輝。我記得主人曾經說過，那是康賴先生回京都時，留給他的紀念品。

俊寬大人一派輕鬆地坐在蒲團之上，讓我享受許多美食。因為是在外島，自然醋及醬油的味道遠不及京都來得可口。但那些菜餚都不是常見的食物，有湯、醋拌生魚絲、久煮入味的食物，還有水果——幾乎沒有我耳熟能詳的食物。主人看到我一臉訝異的表情，許久未動筷子的模樣，不禁覺得好笑，便勸我快享用。

「湯的滋味如何？這是島上名產，叫做臭梧桐。再吃吃看這尾魚，這也是名產，叫做永良部鰻。還有那盤子上的白地雞——對！對！就是那盤烤雞。——這些料理包準你在京都是吃不到的。白地雞是藍背、白腹，外形似鸛的禽類。據島上土人說，食其肉可以驅散體內的濕氣。那芋頭的口感特別得好！名稱嗎？它叫做琉球芋。梶王每天拿來當飯吃。」

梶王就是剛才我說的兔唇童子的名字。

「別客氣，盡情地享用吧，喜歡吃什麼自己夾。有人以為，光喝粥便可得到解脫，那是沙門之中常有的錯誤觀念。連世尊成道的時候，不也接受過牧牛的女難陀婆羅供養的乳糜嗎？若是我佛當時忍著空腹坐在畢波羅樹下，屬於第六天的魔王波旬就不會派遣三位魔女到祂身邊，而是降下六牙象王的味噌醃漬物、天龍八部的酒糟漬物，以及天竺的山珍海味亦未可知。飽暖思淫欲是人之常情，所以波旬還是把三位魔女，送到吃過乳糜的世尊面前考驗他的心性。波旬的確是個不世出的才子，但也有思慮不周全的地方，他忘記獻上乳糜的是個女人。牧牛的女難陀婆羅向世尊獻上乳糜——這件事在幫助世尊證得無上之道的重要性上，遠超過祂在雪山經歷了六年的苦修。『取彼乳糜，如意飽食，悉皆淨盡。』——在《佛本行經》七卷之中，如此難能可貴的描述並不多見吧。『爾時菩薩食糜已訖，從座而起。安庠漸漸向菩提樹。』這段文字中的『安庠漸漸向菩提樹』如實地描述看著女人，飽食乳糜的世尊，展現其莊嚴微妙的姿態如同近在眼前不是嗎？」

俊寬大人愉快地用完餐，把蒲團移到涼爽的走廊上，催促我說：

「既然酒足飯飽，趕緊說些京都的消息讓我聽吧。」

我不由得垂下眼。雖說心理早有準備，正當要說出口的時候，反而心生膽怯。主人卻不以為意地手持芭蕉扇，再次催促我：

「怎麼樣？我老婆是否仍舊抱怨個不停？」

我只好硬著頭皮，將主人離開以後，發生的種種巨大變化，全都一五一十據實相告。主人被捕之後，身旁親近的侍衛皆倉皇逃走，位於京極的府邸和鹿之谷的山莊，盡被平家武士奪去，夫人早在那年冬天辭世，公子也因為嚴重的疱瘡跟著去世。如今家中只有大小姐一人寄宿在奈良的伯母家，掩人耳目地低調度日——說著說著，我眼前的燈光愈來愈模糊。走廊上的竹簾，佛龕上的佛像——這些東西，不知怎地，也逐漸變得模糊不清。說到一半，我終於忍不住痛哭失聲。主人則是默默地在一旁聆聽，當他聽到大小姐的消息時，裹著法衣的膝蓋稍微向前挪了一下，似乎很關切地問道：

「大小姐還好嗎？她和伯母之間相處還習慣嗎？」

「是的，她們感情似乎很融洽。」

我一邊哭著，一邊把大小姐的信交給主人，我聽說凡是搭船來到這島上的人，都會在門司或赤間關接受嚴格的盤查，所以把信藏在髮髻裡夾帶過來。主人隨即就著燈台微弱的光線，展信閱讀，不時小聲念出信裡的內容。

……世道如此險惡，心情始終無法開朗。……三人同時流放到一座荒島上……為何獨留您一人呢？……京都的草色已枯黃……當時，我到了奈良伯母那裡服侍她老人家。……沒做出什麼蠢事，不過，請您細思量，我目前所住的是什麼地方？……如今門前車馬稀，倏忽之間三年過去了，我的心變得更加堅強，而您卻依然音信全無……衷心期盼您的歸期，內心充滿孺慕之情，每逢佳節倍思親……女兒敬筆。

俊寬大人放下信，雙手交叉，深深地嘆了口氣。

「大小姐該有十二歲了吧。——我對京都毫無眷戀，一心只想再見女兒一面。」

我一想到主人此刻的心情，不禁頻頻拭淚。

「既然無法相見——別哭啊，有王。不！要哭就哭吧。在這娑婆世界裡，令人悲傷的事數也數不完，一想起傷心事，那是哭也哭不完的。」

主人一派悠閒地背靠著黑木柱，露出寂寞的微笑。

「夫人死了，兒子也不在人間，說不定這輩子再也見不到女兒了。府邸和山莊也不屬於我的。如今徒留我一人在此荒島上終老，這就是我目前的悲慘遭遇。但遭受此等苦難者，並不是只有我一個人。若是以為只有我一人在苦海中沒頂，豈不是犯了增長慢[3]的錯誤，這不是佛門弟子該有的行為。所謂『增長驕慢，尚非世俗白衣所宜。』要是誇稱自己遭遇無數苦難，恐怕也是某種邪惡業障吧。只要消除這種心態，就會發現，即便是鳥不生蛋的邊疆，像我這樣受苦的人，搞不好比恆河的沙子數量還多。不！誕生在人界的，就算沒有被放逐到荒島上，也和我們一樣，為著孤獨而嘆息呢。生為村上天皇的第七皇子、二品中務親王、六代的後胤、仁和寺法印寬雅的兒子、京都的源大納言雅俊卿的孫子，這一連串系譜所代表的，只是我俊寬一人罷了。但是普天之下，還有千千萬萬的俊寬，十萬百億個俊寬被流放……」

俊寬大人如此慷慨激昂地說著，眼底不時閃爍著明朗的神色。

「一條二條的大街十字路口，有個盲人在那邊徘徊，或許在世人的眼裡覺得他很可憐。但是放眼望去，幅員廣大的京都內外，充滿無量無數的盲人時——有王，你會怎麼想？換作是我的話，我會第一個笑出來。我被流放到荒島，也是相同的情況。當我們想到遍布十方的無數俊寬，都覺得只有自己一人被流放似的，在那裡哭喊叫喚，即使正在流淚，也禁不住笑出來。有王，既然知道三界一心，還是早點學會笑吧，為了學習如何笑，必先捨棄增長慢的習氣。世尊就是為了教眾生如何笑，才誕生在這世間上。即使在大般涅槃時，摩訶迦葉不也曾笑過嗎？」

不知何時，我臉頰上的淚水已經乾了。主人透過竹簾，眺望遠方的星空，若無其事平靜地說道：

「你回到京都之後，也要告訴大小姐，與其悲嘆愁苦，不如學會微笑面對。」

「我不要回去京都。」

再一次我的眼眶湧出新的淚水。這次是因為主人說的話，使我感到遺憾而落淚。

「我打算跟在京都的時候一樣，在您身旁服侍。我丟下年邁的母親，也沒對兄弟說明清楚，千里迢迢來到這座荒島，目的不就為了這個嗎？聽您這麼一說，真教我心裡難過，我真如您所說的那樣貪生怕死？我真的像個忘恩負義的傢伙嗎？我是那麼地忠心耿耿……」

「沒想到你如此冥頑不靈。」

3 增長慢，佛教用語，指誤以為自己領悟了佛法，陷入志得意滿的狀態而不自知。

主人又如往常一樣微笑著。

「如果你一直待在這座島上，誰能告訴我大小姐平安與否？我在這兒住得習慣，沒什麼不方便的，更何況我還有名喚梶王的小童伺候呢。——我這麼說，你該不會嫉妒吧？他是個無依無靠的孤兒，就好比被流放到島上的小小俊寬。要是有船進港，你就趕緊回京都去吧！不過，今晚我想聊聊關於島上生活的情形，想託你帶個口信，讓大小姐明白我目前的狀況。你還在哭啊？那好吧，你一邊哭一邊聽我說，我獨自笑著，任我隨意聊吧。」

俊寬大人悠哉地搖著芭蕉扇，開始述說島上的生活情形。屋簷下的垂簾上，傳來蟲子爬行的聲響，該不會是來尋求火光的溫暖吧。我低著頭，默默地聽著主人的話語。

四

「我被流放到這孤島上，是治承元年七月初的時候。老實講，我從來沒想過和成親大臣[4]密謀奪取天下。卻在被囚禁在西八條之後，突然被流放到這孤島。起初我實在心有不甘，連飯也吃不下。」

「可是，京都卻謠傳說……」

我打斷他的話，語帶遲疑地問道：

「聽說，僧都大人您也是主謀者之一……」

「他們肯定是這麼想的吧。據說連成親大臣都把我算為主謀之一——但我真的不是主謀者。我連到底是淨海入道[5]的天下好呢，還是成親大臣的天下好呢，都摸不清楚頭緒。你認為我真有能力謀反嗎？話說回來，或許成親大臣的個性比淨海入道還要偏執，更不利於治理天下亦未可知。我只是說過，與其讓平家君臨天下，倒不如沒有的好。不管源、平、藤、橘[6]，何者奪取天下，到了最後還不是殊途同

---

4 藤原成親（一一三八—一一七七），後白河天皇的寵臣，在後白河法皇的授意下，與西光法師、俊寬等人密謀討伐平家，後陰謀敗露，被流放到備中國（今岡山縣）。

5 淨海入道，平清盛出家的法名。

6 即源氏、平氏、藤原氏、橘式等王朝四大氏族。

歸。你看看這島上的土人，無論在平家時代或源氏時代，照樣啃著芋頭，照樣生兒育女，沒什麼差別。天底下的官吏總以為少了他們，天下就會滅亡，其實，那不過是官吏們自以為是的想法罷了。」

「但如果是僧都您的天下，應該沒什麼缺點吧？」

俊寬大人的眼中，彷彿照映出我的微笑似的，也同樣浮現出微笑。

「跟成親大臣的天下一樣，或許比平家的天下更糟也說不定。為什麼這樣說呢，要是俊寬比淨海入道更懂得人情事理，又怎能熱衷於政治？無法分辨是非曲直，一直做著不切實際的幻夢——這正是高平太[7]的強項。像小松內府[8]那樣善於機巧的人，因為太過聰明，要是讓他來治理天下，恐怕會比淨海入道還差個好幾截呢。聽說內府啊始終疾病纏身，倘若為了平家一門著想，他倒不如早點死掉算了。況且對我來說，總離不開食色性也，此與淨海入道倒有些相似之處。像這樣的凡夫俗子治理的天下，是不可能利益眾生的。反正人界若想成為淨土，大概只能寄望我佛君臨天下。——我一直抱持這樣的想法，所以從來也未曾有圖謀天下之心。」

「不過那時候，您不是每晚都去中御門高倉大納言[9]的家裡？」

像是在責備他的疏忽似的，我望著俊寬大人的臉，發出這樣的疑問。的確，主人當時並沒有顧慮到夫人的擔憂，連夜晚也很少睡在位於京極的府邸。但主人依舊若無其事地，搖著他手裡的芭蕉扇。

「這就是凡夫俗子的淺薄之處吧。恰好那陣子在大納言府上有個名喚鶴前的漂亮侍女，也不知她是何方天魔的化身，整個擄獲了我的心，可以這麼說，因為她的出現，我一生的不幸才會從天降臨。包括被夫人打耳光，被別人搶走了鹿谷山莊，乃至後來被流放到孤島——但，有王，你應該替我感到慶幸，我的確被鶴前那女人迷得神魂顛倒，卻也因此沒有成為謀叛的主犯。古往今來的聖人，也不乏被女色迷惑的例子。譬如說阿難尊者，曾經被擁有大幻術的摩登伽女迷住；龍樹菩薩還未出家以前，也曾經為了偷走宮中的美人，而修習隱形術。然而，不論是天竺、中國或日本，哪怕任何一個國家，都不曾聽說過，聖人會去做叛國賊。這聽起來絲毫不足

---

7 高平太，平清盛少年時代的綽號，意指穿著高木屐的平家太郎。

8 小松內府，平清盛長子，平重盛的別名。

9 大納言，指藤原成親。

為奇，因為耽溺女色而生喜怒哀樂，不過是放縱五根之欲罷了，但意圖謀叛，奪去天下，則必須兼具貪嗔癡三毒。聖人即使免不了放縱欲望，也絕不會接受三毒之害。由此可見，縱使我的智慧之光因五欲而變得黯淡，但畢竟沒有完全消失。——不過，剛來到島上的時候，每一天都覺得怨氣難平。」

「那段日子對您來說一定很煎熬吧。不用說食物，就連身上穿的衣物也有諸多的不便吧。」

「不，衣食方面，每年春秋各有二次，定期從肥前國的鹿瀨莊，派人送到少將的住處。鹿瀨莊就是少將岳父平教盛統領之地。大約住了一年左右，我已習慣島上的環境。總覺得若要忘卻心中的憤懣，絕不能跟同樣流放至此的人生活在一起。像丹波的少將成經，不是一天到晚悶悶不樂，要不就是在打瞌睡。」

「成經大人年輕氣盛，也難怪一想起父君的不幸，便哀嘆不已。」

「哪有這回事？其實，少將和我抱持著同樣的想法，就算是天塌下來又與我何干。只要能彈奏琵琶，欣賞櫻花，給貴婦寫些情詩，就能獲得人世間無上的極樂。他每次和我見面，總是在抱怨他那位叛國賊的父親。」

「我倒聽說康賴大人和僧都您的交情深厚。」

「非也，他不是個容易相處的人，康賴只要許願，無論天地神祇、諸佛菩薩都會按照他的意志賜福予他。總之，在康賴的心裡面，神佛等同於商人，唯一的差別在於，神佛不會像商人那樣標上價錢，將神明的保佑當作商品在販售。所以他會去讀祭文，供奉香火。從前啊，後山有許多姿態美好的松樹，幾乎都被康賴砍伐殆盡，為的是要製作一千片卒塔婆[10]，他打算在每片卒塔婆寫上一首和歌，然後扔進海裡去。我這輩子從來沒見過像他那樣貪圖現世報的男人。」

「我覺得你也不能把他當作是笨蛋，根據京都的傳言，那些卒塔婆中有一片漂流到了熊野，另一片則漂流至嚴島。」

「一千片卒塔婆，若有一、兩片漂流到日本的國土上也不足為怪，如果神明真的會保佑，只漂流一片卒塔婆也就足夠。況且，當康賴似乎很感謝地將一千片卒塔婆放水漂流的時候，始終考慮到風向的問題。也不曉得是什麼時候，我看著他將卒

10 卒塔婆，為了供養、追善而立在墓旁的長木牌，上寫梵文及經文。

塔婆放水漂流時，我大聲唱誦神的名字，吾人歸命頂禮熊野三所權現，以及日吉山王、王子的眷屬，還有梵天帝釋在上，堅牢地神在下，尤其是內海外海龍神八部眾諸神，請予以加持，成就眾生之願，然後我又唱誦著，西風大明神、黑潮權現[11]，也請保佑我們，謹上再拜。」

「您開的玩笑太過份了。」

我忍不住笑了出來。

「結果康賴被我惹毛了，他非常地火大。姑且不論現世的利益，連來世也沒什麼好指望的。——更糟糕的是，不知從何時開始，少將也跟著康賴開始篤信神明，而且他們膜拜的並不是熊野或王子等有來歷的神明，而是這座島上一處名為岩殿的神社，聽說是為了鎮護火山而興建的，於是他們就去岩殿參拜。——說到火山我才想起來，你應該不曾看過火山吧？」

「是啊，我只有剛才瞥見一座冒著淡淡赤煙的禿山。」

「不如明天我們就登頂去瞧一瞧。登上了山頂，不僅島上的風光可以一覽無遺，連大海的景色也近在咫尺，而岩殿祠就在上山的途中——每當他們要到岩殿祠膜拜時，康賴總是會邀我一道去，但我很少應允他的邀約。」

「京都的人盛傳，就是因為您不去膜拜神明的緣故，才會被獨自留在島上。」

「對啊，真的如他們所說的那樣也說不定。」

俊寬大人一本正經地搖了搖頭。

「如果岩殿的神明有靈驗，祂就是禍津神，才會刻意留下我俊寬一人，而讓其餘兩人回到京都，卻毫不在意。記得我方才跟你說的少將夫人嗎？她每日每夜都到岩殿去膜拜，求神保佑，別讓少將回去京都，但她的願望從未實現。由此可見，岩殿的神明，簡直比天魔有過之而無不及，更加蠻橫妄為，自從世尊降生以來，天魔就受戒行諸惡。假如岩殿內供奉的不是神明，而是天魔，少將在返回京都的途中，要嘛就是從船上掉到大海，要嘛就是生一場熱病，不管怎樣，都難逃一死。這是少將和那女人同歸於盡的唯一途徑。但岩殿裡的神明，跟人一樣，不會專行諸善，也不會專行諸惡。不僅限於岩殿的神明，日本各地的神祇也有類似的情形。像是奧州

11 西風大明神、黑潮權現，為與宗教無關的玩笑話，意指讓西風、黑潮流到進畿地方，諸事順利。

名取郡笠島的道祖神，原本是住在京都加茂川原以西，一條以北的出雲路道祖的女兒，但她在父神尚未把她許配給別人的時候，便擅自與京都的年輕商人結為夫婦，兩人迅速離開京都，前往奧州如此偏僻的地方落腳，這樣的行為豈不是與凡人無異？至於實方中將，曾經從神的面前走過，既沒下馬以表敬意，也沒有磕頭行禮，結果被馬踢死。像這樣與凡人性情相近的神明，也沒有遠離五塵[12]，那麼對於祂的舉措，絕對不可掉以輕心。由此可知，所謂的神明，如果沒有超越人性，就沒有理由去盲目地崇拜祂。——但我想說的是，這些還只是微枝末節，少將一心一意不斷地去參拜岩殿，還把岩殿比作熊野，把海濱一帶稱之為和歌浦，把山坡稱作蕪坡，其他的地方也一一冠上名字，簡直就像孩童們追趕小狗，卻自稱在獵鹿一樣，島上唯有音無瀑布，比起京都的音無瀑布大得多。」

「而且京都的人都傳說，他們曾經發現了瑞兆。」

「所謂的瑞兆，事實上是這樣子的。還願的當天，他們站在岩殿前進行膜拜儀式的時候，山風吹動了樹木，落下了兩片山茶樹的葉子。這兩片葉子上剛好遺留下蟲咬過的痕跡，其中一片葉子似歸雁，另一片葉子則似二。兩片合起來便是歸雁二。——他們為此感到高興，翌日，康賴迫不及待把葉子拿給我看，雖說其中一片葉子當二亦無不可，另一片要說是歸雁也未免過於牽強。我覺得這件事太扯，於是隔天也上山一趟。就在回家的路上我也撿拾了幾片葉子，那些葉子上也有蟲咬過的痕跡，結果上頭既沒有出現二，也沒有出現歸雁，而是出現像是『明日歸洛』、『清盛橫死』、『康賴往生』等字眼，我想如果拿去給康賴看，他一定會很高興的……」

「他看了應該非常生氣吧。」

「沒錯！他氣得火冒三丈。他的武藝在都城內無人能匹敵，但說到他的壞脾氣那就更厲害了。他之所以會做出叛國之舉，和他的壞脾氣脫不了關係，他那個壞脾氣的根源，肯定是來自傲慢之心。康賴私以為平家自高平太以下皆是惡人，而他們康賴家自大納言以下皆是善人，這種自大傲慢的心理沒什麼好處。誠如你方才所言，我輩凡夫俗子都會犯下和高平太同樣的錯誤。所以呢，到底是康賴生氣好，還

12 五塵，指色、聲、香、味、觸。

是少將嘆息好，其實我也把不定主意。」

「聽說成經大人身邊還帶著妻兒，多少也能排解憂悶的心情吧。」

「但他總是鐵青著一張臉，沒事就發些牢騷，覺得日子平淡無趣。比方說看見山谷裡的山茶花時，會抱怨這島上怎麼連櫻花都不開。看見火山頂上冒著煙，又會抱怨這島上沒有青山可觀賞。反正只要看到島上有的東西，他就會拿出島上沒有的來比較。有一次，我和他一同前往海邊的山上採擷山菊，他突然對我說，不知道該如何是好？這裡連加茂川都沒有。聽到他這番話，之所以沒有笑出來，多虧了我家附近地主權現日吉守護神的庇佑。然而，我覺得這也未必太荒唐了吧，所以忍不住模仿他的語氣說，這裡既沒有福原的監獄，也沒有平相國入道淨海，真是可喜可賀。」

「您那樣說話，就算好脾氣的少將也會大動肝火吧？」

「不，他若是發脾氣，那正合我意。可是，他非但沒生氣，反倒一臉哀怨地看著我，並且搖了搖頭說，你根本什麼都不懂，真是幸福啊。聽到他那樣的回答比生氣還教人難受。老實說，當時我感到相當沮喪。如果說，誠如少將所言，什麼都不懂，或許還不至於如此難過。不過他的心情我多少能體會，我也曾經像他那樣，以眼中的淚水為傲。通過那樣的淚水望去，我那亡故的妻子，不知道有多麼美麗呀——一想起這些往事，就覺得少將很可憐，但可憐歸可憐，滑稽的地方，不也是依然滑稽可笑嗎？所以我依舊臉上帶著笑容，不停地用話語安慰他。少將也唯獨那次對我發了脾氣，當我安慰他的時候，他突然露出很恐怖的表情對我說，你別再撒謊了，與其被你安慰，寧可讓你來嘲笑我。那一瞬間，不覺得氣氛很尷尬嗎？我終於忍不住噗哧一聲笑了出來。」

「後來，少將怎麼樣呢？」

「往後的四、五天，他遇見我，連聲招呼也不打。後來再遇到他的時候，他似乎很難過地搖著頭說，啊！我真的好想回京都，這個鳥不生蛋的地方，根本連一輛牛車都看不到。他才是真的比我更幸福的人。——說起來，有少將做伴的話，還是聊勝於無，萬一他們倆都回到京都，那我又要重新感受兩年前，獨自一人在孤島上的寂寥歲月。」

「聽京都的人說，您不只是寂寞而已，簡直是悲慟欲絕到了極點。」

我盡可能將我在京都所聽到的傳聞，一五一十地告訴了他，並借用琵琶法師的形容：

「僧都大人呼天喊地，悲傷的不能自己。……他依然抓緊船纜，一直被拖到水深及腰處，慢慢地水淹到了側腹，又慢慢地淹到了頭部，終於全身淹沒在水裡，才無奈地游回岸邊……帶我去吧，載我走吧，他聲嘶力竭地叫著，船則是無情地航向遠方，海面上只見一陣白浪滔滔。」當我轉述這段他幾近狂亂的模樣，俊寛大人則是很稀奇似的，靜靜地在一旁聽我述說，當我講到他對著遠去船影不斷地揮手，已是家喻戶曉的段子，他竟然誠懇地點頭對我說：

「此言不虛，我確實揮了好幾次手。」

「那麼真如傳言中所說，您就像松浦的佐用公主，離情依依地惜別是嗎？」

「要和在島上相處兩年的朋友分開，這不是理所當然嗎？但是我揮了好幾次手，並非只是因為我捨不得與他們分開。——當時來到我的住處，通知我有船進港的是個土生土長的琉球人。他從海邊跑過來，氣喘吁吁地告訴我說，船、船來了，船這個字我聽得懂，究竟是什麼樣的船不得而知，那個男人慌慌張張地，輪流使用日語和琉球方言說了一大串話，我完全聽不懂。反正聽見有船，我立刻跑去海邊察看，不知何時海邊聚集了一群土人，看得見高高的帆桅矗立在海面上。不用說，是來接人的船。當我看見那艘船的時候，內心感到無比雀躍。少將和康賴，早已搶先一步往船的方向奔去。他們興奮狂喜的模樣，幾乎讓那個琉球人誤以為被毒蛇咬傷而發狂哩。就在此時，從六波羅派來的使者——丹左衛門尉基安呈給少將一封赦免令的詔書。聆聽少將宣讀此詔書，我發現上頭並沒有我的名字。只有我沒有被赦免嗎？——剎那間，我心底浮現許多畫面，大小姐和公子的臉龐、夫人叱罵的聲音、京極府邸庭園的景色、天竺的早利即利兄弟、來自中國的阿闍梨一行人、本朝的實方朝臣等等，無法一一細數。至今仍覺得有些可笑，我居然注意到拉著拖車的紅牛屁股，我極力想要讓自己鎮定下來。當然少將和康賴也感到很遺憾並且安慰我，還委託使者可否行個方便，讓俊寬也能和他們一起搭船回去。但沒有赦免令，再怎麼樣也無法上船。我又鼓起不動之心，仔細推敲為何自己沒有被赦免的緣由，想了很多很多的原因，我認為應該是高平太恨我，所以從中作梗。——這一點無庸置疑，他不僅是恨我，內心也對我十分忌憚。我以前是法勝寺的執行，對於用兵之道根本一竅不通，但是天下的老百姓，卻出乎意料地支持我，高平太害怕的就是這個，一思及此，我不禁苦笑連連。能替山門和源氏的武士們提供有利於他們的論爭，西光法師等人才是最適合的角色。至於我，還沒有昏聵到要為渺小的平家勞心勞力的地步。我方才也提到過，其實，由誰來統一天下對我而言沒什麼差別，我要的並不多，除了經書一卷以外，只要有美麗的鶴前相伴，我就心滿意足了。但是淨海入道這個人才疏學淺，令人感到悲哀至極，連我都覺得毛骨悚然。如此看來，我沒被砍頭，留住這條小命在孤島上倖存，反倒是一種幸福。——當我陷入沉思，眼看著就要開船了，這時，少將在島上娶的妻子，抱著襁褓中的嬰兒，央求使者讓她上船。我實在很同情她，就幫忙向丹左衛門尉基安請求，讓她們也一起上船，但是使者對我不理不睬。這男人根本是個只會執行任務，啥也不懂的木頭人，我倒也不會責怪他，唯一罪孽深重的是少將啊。」

俊寬大人愈說愈激動，用力搖著手裡的芭蕉扇說著：

「那女人發了瘋似的，一直試圖想要跳上船。無奈被水手們擋了下來，最後那女人奮力一搏，抓住少將衣服的下襬。只見少將慘白著臉，毫不留情地甩開她的手，女人就這樣倒在沙灘上，徹底斷了搭船的念頭，獨自放聲大哭。我在一瞬間，感到怒火中燒，而且絕不輸給康賴生氣的樣子，少將真是禽獸不如，而袖手旁觀的康賴，完全不像個佛門弟子應有的作為。在場的眾人除了我以外，再也沒有人為那女人求情。——事隔這麼久了，回想起當時的情況，連我自己也感到不可思議，竟然會想要破口大罵，極盡所有誹謗的字眼。不過，我用的不是京都孩童罵人的髒話，而是專用八萬法藏十二部經中的惡鬼羅剎的名字，如連珠炮一般不停地罵。然而，船行愈來愈遠離岸邊，那女人一直趴在地上哭，我在岸邊氣得直跺腳，示意他們把船開回來。」

儘管主人說得氣呼呼的，我聽得不禁發出會心的微笑。主人也跟著笑了出來，無可奈何地說：

「萬萬沒想到這一招手，竟然傳開了，成為人們街談巷議的話題，這都是嗔恚之心所導致的後果。當時若是我不那麼發怒，或許就不會傳出俊寬因為渴望回京都而發狂的謠言。」

「之後就再也沒有令您感到悲嘆的事嗎？」

「就算悲嘆也無濟於事不是嗎？隨著日子一天天過去，寂寞的感覺也日漸消逝。如今，我除了照見此身本來具有的佛性之外，已別無所求。只要觀照現在的自身即淨土，那麼大歡喜的笑聲，就如同火山噴發出火焰一般，很自然地從心中湧現。我完全是不假外求的信徒。——對了，我還忘了一件事，那女人哭倒在地上，過了好久一動也不動。後來，土人也四散離去。而船隻早已和藍天融成一片，不知去向。我不忍心看她那麼可憐，很想安慰她，就輕輕從身後把她抱起來。這時候你猜怎麼著，那女人冷不防地掌了我一記耳光，打得我頭暈目眩，害我一個踉蹌跌倒在地。那時住在我肉身裡的諸佛、諸菩薩、諸明王，鐵定為此大吃一驚吧。當我吃力地從地面爬起來時，那女人已朝著村落的方向，無精打采地走了。什麼？她賞我耳光的原因？你最好去問那個女人，說不定，是因為當時四下無人，她誤以為我要侵犯她也說不定呢。」

五

翌日，我和主人一同登上這座島上的火山。此後，我一直隨侍在主人身旁，大約一個月後，才依依不捨地與主人告別，回到了京都。「君不見思吾友如見海邊之柴庵。」——這就是俊寬大人當作紀念品，送給我的一首詩。如今，俊寬大人或許依舊待在那座荒島上的屋子裡，獨自悠然度日吧？或許今晚，俊寬大人還一邊享用著琉球芋，一面思索著佛法與天下人事。除了以上我所描述的之外，他還告訴我許多呢，有機會的話再說給你們聽吧。

輯三 人生

人生就像一盒火柴。
慎重其事未免小題大做，輕忽大意則充滿危險。

侏儒的話

「侏儒的話」序

〈侏儒的話〉未必是傳遞我的思想，但或許可以從中窺見我思想上變化的軌跡與脈絡，充其量不過如此。與其說像一株小草，倒不如說它像一根藤蔓——這根藤蔓會延展成不同的分支，似乎更為貼切。

星

古人一語道破：「太陽底下沒有新鮮事。」然而，沒有新鮮事不獨只發生於太陽底下。

根據天文學家的說法，武仙座星群發出的光要抵達我們所在的地球，需歷時三萬六千年。可是，即便是武仙座也無法永久持續發散其光輝。遲早有一天，它將宛如冷卻灰燼般，失去璀燦的星芒。不僅如此，不管「死」將往何處去，總會孕育著「生」。失去光輝的武仙座星群徘徊在無邊的太空中，只要遇上絕佳的機會，說不定會變化成一團成簇的星雲，新的星星也隨之陸續誕生。

比起宇宙之大，太陽不過只是一丁點燐火而已。何況我們的地球。然而遙遠宇宙的邊界，以及銀河周邊發生的事，說穿了，跟我們地球這泥團上所發生的並無二致。生與死，依照慣性運動定律，彼此相生循環不息。每思及此，對於那散布在天上無數的星星，不禁深表同情。那忽明忽滅閃爍的群星似乎也在表達與我們相同的感情。在這點上，詩人比我們早一步引吭高歌，頌讚這顛撲不破的真理。

繁星熠熠，猶如無數的細砂，向我們發出溫暖的光。
然而，那些星星的流轉亦如人世間的滄桑——不管怎麼說，也未必稱心如意。[1]

鼻

倘若埃及豔后克麗奧佩脫拉的鼻子是彎的，世界歷史或許會不一樣。——此乃帕斯卡[2]的警句。然而，這世上少有戀人能看清真相，不，應該說一旦陷入愛情，我們的自我欺瞞就會充分地表露無遺。

即便是安東尼也不例外，假如克麗奧佩脫拉的鼻子是彎的，他勢必努力裝作視若無睹。在不得不正視的時候也會找到其他長處以補其短。而所謂其他長處指的是，普天之下再沒有一名女性，能像我們的戀人這般集無數長處於一身。安東尼也必定同我們一樣，從克麗奧佩脫拉的眼睛和嘴唇尋求某種精神性的補償，尤其是「她的心」！其實我們所愛的女性古往今來無不有一顆完美無瑕的心。不僅如此，她們的服裝也好，財產也好，或是社會地位——也都可能成為長處。尤有甚者，就連從前被某某名人愛過的事實乃至傳聞也可以列為長處之一。況且克麗奧佩脫拉不是個極盡奢華又富於神祕性的埃及末代女王嗎？檀香繚繞之中，皇冠上珠玉閃閃發光，當她信手拈起一朵蓮花，縱使鼻子略微彎曲也不會被人察覺吧。更何況是情人眼裡出西施的安東尼。

這種自我欺瞞不僅限於戀愛，大抵說來，我們總是隨心所欲——儘管程度略有不同——塗改各種事實真相。就連牙醫診所的招牌也是如此，映入我們眼中的，與其說是招牌本身，不如說是內心投射在招牌上的某種欲求，進而聯想到我們的牙痛，可不是嗎？儘管我們的牙痛與世界歷史毫不相涉。但是，這種自我欺瞞普遍存在於想探知民心的政治家、想偵察敵情的軍人，又或者想掌握財務狀況的企業家。我並不否認對此應有修正理智之必要，同時也肯定許多人事物彼此之間存在著「偶然與巧合」。但是，過度的熱情容易讓人忘卻理性的存在，這樣說來「偶然與巧

---

1 此為正岡子規之作。

2 布萊茲・帕斯卡（Blaise Pascal，一六二三——一六六二），法國神學家、哲學家，著有《思想錄》。

合」無非是天意。而人們的自我欺瞞，或許會左右世界的歷史，形成最歷久不衰的力量亦未可知。

也就是說，兩千多年的歷史並不會因為克麗奧佩脫拉渺小的鼻子產生任何影響。寧可說這些歷史皆取決於遍地充斥著人們的愚昧，取決於應該嗤之以鼻卻又裝作道貌岸然人們的愚昧。

修身

道德不過是權宜之計的別稱，類似「左側通行」。

×

道德所給予的恩惠是時間與勞力的節約。道德所給予的損害是完全的良心麻痺。

×

妄自反對道德者乃缺乏經濟思維之人。一味屈從道德者不是懦夫就是懶漢。

×

支配我們的道德是受了資本主義荼毒後的封建時代的道德。除了受害以外，我們幾乎得不到任何好處。

×

或許道德將遭受強者的蹂躪，而弱者將受到道德的愛撫也說不定。受道德迫害的往往是介於強者與弱者中間的人們。

×

道德經常穿起舊衣服粉墨登場。

×

良心並不像我們臉上的鬍髭，會隨著年齡而增長。為了獲得良心，我們必須要進行若干的訓練。

×

全國民眾有九成以上，終其一生未曾擁有過良心。

×

我們的悲劇是，由於年少無知或訓練不夠充分，在獲得良心之前被指責為寡廉鮮恥之徒。

我們的喜劇是，由於年少無知或訓練不夠充分，即使被指責為寡廉鮮恥之徒，最終還是獲得了良心。

×

良心其實是一種嚴肅的嗜好。

×

良心或許創造了道德，但是道德卻從未創造出良心的「良」這個字。

×

如同所有的嗜好，良心也擁有病態的愛好者，其中十之八九是聰明的貴族或是家財萬貫的富豪。

好惡

我像喜愛陳年老酒一樣，喜愛古希臘的快樂主義。決定人們行為的既非善也非惡，僅僅是人們的好惡，或是人們的快不快樂。我只能如此認為。

話說為何人們在極寒的天候下看見將要溺死的幼童時，會主動跳入水中呢？那是因為以救人為快。那麼，使人避開入水之不快而選擇救助幼童之快，所依據的尺度究竟是什麼呢？乃是選擇較大的快樂。但肉體的快不快樂和精神上的快不快樂所依據的應該是不同的尺度。其實這兩種快樂並非完全不相容。正如鹹水和淡水一般，也是可以融合為一體。現今京阪一帶，有些未受過精神教養的紳士諸君在啜飲鱉魚湯之後，復以鰻魚為菜配飯食用，不也感到無上的愉快嗎？況且在寒冬游泳也顯示肉體的享樂存在於冰水與寒氣之中。對此若是尚有存疑，不妨試想一下被虐待狂的情況。那應受詛咒的被虐待狂，便是從這種表面上看來異乎尋常的肉體快與不快之中，他們卻習以為常。根據我所相信的事實，那些以柱頭苦行為樂，或是在火中殉教視死如歸的基督聖徒，大多帶有被虐待狂的心理素質。

如同希臘人所說，決定人們的行為無非好惡，此外無他。我們必須從人生之泉汲取究極之味。連耶穌都說：「不要像那些法利賽人終日面帶憂傷。」所謂智者，畢竟是能使荊棘之路也能開出玫瑰花的人。

侏儒的祈禱

我是身上披著彩衣，獻上翻跟斗娛興節目，樂享太平盛世的一介侏儒。無論如何，請實現我的願望吧！

別讓我貧窮到連一粒米都不剩，別讓我富裕到連熊掌都食之無味。

別讓採桑的農婦嫌惡我，也別讓後宮的佳麗寵愛我。

無論如何，別讓我愚蠢到不辨菽麥的程度，也別讓我聰明到能觀察雲氣之變化。

尤其別把我塑造成無所畏懼的英雄。現在的我，不時會夢見攀登險峰之嶺，或橫越驚濤駭浪。亦即在夢中化不可能為可能。再沒有比這種夢更令人惶恐不安。像是與惡龍搏鬥一般，奮力想甩脫這夢境弄得我苦不堪言。請不要讓我成為英雄，不要讓我產生雄心壯志，永遠保佑我這無能為力的懦夫一生平安。

我是酣醉於春酒，唱誦金鏤之歌，但求即時行樂的一介侏儒。

自由意志與宿命

總而言之，若相信宿命，罪惡便不復存在，懲罰也失去意義。我們對於罪人的態度也會變得寬大為懷。而若是相信自由意志，則會產生責任觀念，免除良心上的麻痺，則我們對於自身的態度必然因此而變得嚴肅起來。那麼，我們到底該何去何從？

我想如此恬然地答覆。應該一半相信自由意志，一半相信宿命。或者一半懷疑自由意志，一半懷疑宿命。為什麼呢？因為我們通過背負的宿命而娶了我們的妻子，同時又因為我們所擁有的自由意志，而未必按照妻子的吩咐為其購買羽織和服及腰帶不是嗎？

不僅僅受限於自由意志與宿命，神與惡魔、美與醜、勇敢與怯懦、理性與信仰——等所有天平的兩端皆應抱持如此的態度。古人將這種態度稱之為中庸之道。中庸在英語裡，即 good sense。據我所信，除非具有 good sense，否則就得不到任何幸福。即使得到了幸福，也只能是在炎炎夏日擁抱炭火，或在寒冬揮動團扇那種虛張聲勢的幸福。

小孩

軍人近乎小孩。喜歡擺出一副英雄姿態，喜歡所謂的光榮，這點已無庸贅言。崇尚機械性的訓練，注重動物本能的勇氣，這些現象唯有在小學校園方能見得。至於視殺戮為無物更與小孩沒什麼兩樣。尤其相似的是，只要受到號角及軍歌的鼓舞，便欣然迎向敵人衝殺，茫然不知為何而戰。

因此，軍人所誇耀的東西必然與小孩的玩具無異。像是以緋色的板條串起的鎧甲以及鍬形的盔甲並不適合成人的趣味。勳章——依我看來也委實不可思議。軍人何以能在未喝醉酒的狀態下，戴著勳章招搖過街呢？

武器

正義近似武器。只要出得起價錢，武器既可為敵方也可為我方購買。正義也是如此，只要說得出理由，既可為敵方也可為我方收買。古來「正義之敵」就像炮彈一樣被扔來扔去。究竟哪一方才是「正義之敵」著實難以判斷，除非受其辭令所迷惑。

日本勞工僅僅是因為生為日本人的緣故，被勒令撤離巴拿馬。這顯然有違正義。如美國報紙所述，此乃「正義之敵」。可是，中國勞工也僅僅因為生為中國人被勒令遷出千住，此舉也有違正義。如日本報紙所述——即便報紙不說，兩千年來，日本一直是正義之友，看來正義從不曾與日本的利害關係相互矛盾。

武器本身不足畏懼，使人畏懼的是武將的技藝。正義本身不足畏懼，使人畏懼的是煽動家的滔滔雄辯。武后罔顧天怒人怨，冷眼蹂躪正義。但遭遇李敬業之亂而讀了駱賓王的〈討武曌檄〉仍不免為之花容失色。「一抔之土未乾，六尺之孤何託。」唯有遇到天生的煽動家才說得出如此渾然天成感人至深的名句。

每當我翻閱史書，總會禁不住想起「遊就館」[3]。幽暗之中，過往的長廊陳列著形形色色的正義。形似青龍刀者是儒教的正義。形似騎士之槍者是基督教的正義。此處粗重的棍棒是社會主義的正義。彼處帶鞘的長劍乃國家主義者的正義。當我親睹這些武器，想像一場又一場的征戰，不由得感到陣陣心悸。但不知幸或不幸？記憶中我從未有過想擁有自己專屬武器的欲望。

尊王

十七世紀法國流傳這麼一則故事。有一天，勃艮第公爵問亞柏[4]：查理六世發瘋了，要如何說才能委婉地公布這件事。亞柏當下回答他：「若是我就會直接說查理六世瘋了。」亞柏將這番問答列在他一生冒險之中，並久久引以為傲。

十七世紀法國富有尊王精神，這樣的逸聞也因此流傳至今。但廿世紀的日本在富有尊王精神這點上並不亞於當時的法國。真是讓人感到不勝欣慰呀！

創作

或許藝術家隨時都是有意識地在建構他的作品。但就作品本身來看，作品的美醜有一半存在於超越藝術家自身意識的神祕世界。一半？若是說大半也未嘗不可。

妙就妙在我們總是不打自招。我們的靈魂很自然地流露在作品當中。古人所說的一刀一拜不就是在闡明對於無意識的境界之敬畏嗎？

創作經常是冒險。總之只能盡人事聽天命，別無他法。

少時學語苦難圓，只道功夫半未全。
到老方知非力取，三分人事七分天。

趙甌北這首〈論詩〉七絕大致已傳達其中的訊息。藝術這玩意不可思議地帶著

3 東京靖國神社所屬的軍事博物館，建於一八八二年，專門陳列戰死者的遺物與兵器。
4 亞柏（Abbé de Choisy，一六四四—一七二四），法國作家。

某種無法捉摸的威力。倘使我們既不求金錢，又不貪戀名聲，到最後若不為病態的創作欲百般折磨，也許就不會產生與這樣可怕的藝術搏鬥的勇氣。

鑑賞

藝術的鑑賞來自藝術家本身與鑑賞家之間的通力合作。說穿了，鑑賞家不過是把一件作品當作課題來嘗試進行他自身藝術理論的創作罷了。因而，在任何時代都不失卻名聲的作品必然具有足以使鑑賞成為可能的特色。然而所謂種種鑑賞成為可能並不意味著——如同阿納托爾．法郎士所言，因帶有曖昧性質就可以隨意解釋。毋寧說，就如同廬山的群峰一般，它具備了透過不同的角度加以鑑賞的多面性。

古典

古典的作者是幸福的，反正他們已經死了。

又

我們——或說諸君是幸福的，反正古典的作者已經死了。

幻滅的藝術家

有一群藝術家住在幻滅的世界裡。他們不相信愛，不相信所謂的良心。只像是古代的苦行者那樣以一無所有的沙漠為家。這點或許有些可悲，然而美麗的海市蜃樓往往出現在沙漠的上空。對於世間上一切人事感到幻滅的他們仍對於藝術心生嚮往。只要一提起藝術，無人知曉的金色幻夢彷彿立刻浮現在空中。他們其實也擁有意想不到幸福的瞬間。

告白

任誰都無法做到掏心掏肺地自我告白。但若是不透過自我告白，也找不出其他更好的表述方式。

盧梭是個喜好自我告白的人。但他赤裸裸的自身，卻無法從《懺悔錄》之中窺見全貌。梅里美是個厭惡自我告白的人，但他的作品《俠女可侖巴》不是隱約地透露了關於他自身的故事嗎？歸根究柢，告白文學與其他文學的界線並非如同表面看上去那樣清楚明瞭。

人生

——致石黑定一君

如果有人命令沒學過游泳的人立刻跳下水去游泳，任何人都會覺得根本是強人所難。同樣地，如果有人命令沒學過跑步的人立刻上場賽跑，那依然是毫無道理可言。但我們打從呱呱墜地以來便承受著如此荒唐可笑的命令，豈不是和那些人無異。

難不成我們早在娘胎之中學習過如何應付人生的道理嗎？然而一脫胎之後便不由自主一步步踏入類似大型競技場的人生賽局中。

沒學過游泳的人理所當然游不出什麼名堂，同樣地沒學過跑步的人泰半會落於人後。如此一來，我們也不可能毫髮無傷地走出人生的競技場。

誠然，世人或許會說：「該去看看前人的足跡，那裡已為你們立下好榜樣。」請看看上百個游泳健將或是上千個飛毛腿選手，也不可能馬上就學會游泳和跑步，他們的成就絕非一夕之間。何況那些游泳健兒哪個不是喝了一肚子水，在競技場上的跑者哪個不是身上沾滿了泥土。看吶，就連世界的名選手大抵在他們得意的微笑背後不都隱藏著一張嚴峻的面孔嗎？

人生類似由狂人主辦的奧林匹克運動大會。我們必須一面跟人生搏鬥，一面學習人生搏鬥的技能。如果有人對這種荒誕的賽局感到憤憤不平，最好是盡快退出比賽。自殺確實不失為一種方便的捷徑。但決心留在人生競技場內的人，只好不畏創痍地繼續戰鬥下去。

又

人生就像一盒火柴。慎重其事未免小題大做，輕忽大意則充滿危險。

又

人生好似一本缺頁甚多的書冊，很難稱之為一部完整的作品，卻僅此一部，無可取代。

地上樂園

地上樂園的美好光景，屢屢被詩人所歌頌。遺憾的是，我從未起心動念在詩人書寫的地上樂園過著安居的生活。基督徒的地上樂園畢竟是個寂寥的全景圖。黃老學者的地上樂園無非是個平淡無奇的中華風味小館。更何況近代的烏托邦之類——威廉・詹姆斯曾為之戰慄的事，或許還有人還記憶猶新。

出現在我夢境中的地上樂園並非天然的溫室。同時也不是學校兼作提供糧食和衣服的配給所。地上樂園大致上應該是這樣的地方，居住其中，父母必然隨著孩子的成長而安息。兄弟姊妹即使生為惡棍，也決計不會生作白癡，因而不會造成彼此之間的負擔。女人一旦身為人妻，便借得家畜之魂對夫家百依百順。小孩不問男或女，在一天之中好幾次裝聾作啞，或扮演窩囊廢及瞎眼，以遂行父母的意志。甲的友人不比乙的友人貧窮，乙的友人不比甲的友人富有，從而在彼此吹捧中獲得無上的滿足和愉悅。還有——大概就是這些了。

總之，這不僅僅是我一人獨享的地上樂園。同時也是普天之下善男信女的地上樂園。只不過歷來的詩人和學者在他們金色的冥想中，不曾做過如此光景的美夢。並不覺得不可思議，因為如此這般夢想中的樂園確實洋溢著過度真實的幸福。

附記：我的外甥夢到買下林布蘭的肖像畫，但他卻不曾做過得到十塊零錢的夢。因為十塊零錢洋溢著過於真實的幸福感。

暴力

人生通常很複雜的。將複雜的人生變得簡單，除了訴諸暴力以外沒有別的辦法。是故，腦袋還停留在石器時代的文明人往往喜愛殺戮勝於理性辯論。

然而，權力畢竟也是一種取得專利的暴力。為統治我們這些芸芸眾生，暴力或許有其必要，或者沒那個必要。

人性

何其不幸，我實在沒有勇氣崇拜「人性」。不，對於「人性」我每每嗤之以鼻是事實。可有時候又對「人性」充滿愛也是事實。愛？——與其說是愛，倒不如說是憐憫。但不管怎樣，反正對於「人性」我是無動於衷，人生勢必要成為不堪入住的精神病院。斯威夫特[5]最後發了瘋，也只能說是必然的結果。

斯威夫特在發瘋的稍早之前，曾望著只有樹梢枯萎的樹喃喃自道：「我好比那棵樹，先從腦袋開始退化。」每次想起這段逸聞就會忍不住為之戰慄。而我暗自慶幸的是，沒有生為斯威夫特那樣聰明絕頂的一代鬼才。

椎葉

獲得完全的幸福是賦予白癡的特權。即便是樂天主義者也不會始終面帶笑容。假如樂天主義者真實存在，那僅僅意味著對幸福多麼地絕望。

「家有者，笥爾盛飯乎，草枕，旅爾之有者，椎之葉爾盛。」[6]此詩抒發的不只是旅行情懷。比起「希望」得到些什麼，我們更多時候在乎的是「能夠」得到些

---

5 斯威夫特（Jonathan Swift，一六六七—一七四五）英國諷刺作家，著有《格列佛遊記》。

6 語出《萬葉集》有間皇子所作之和歌。此句現代語譯：居家時使用食器盛飯，出外旅行則以草為枕，用椎葉盛飯。

什麼而達成妥協。學者想必賦予椎葉種種的美名。但若不客氣拿到手上仔細瞧瞧，椎葉終究還是椎葉，本質是不會變的。

灑脫地承認椎葉僅是椎葉，的確是比將椎葉比擬為餐具來得尊敬和高貴。但相較於捻葉一笑，就顯得過於平淡乏味。至少終其一生不厭其煩重複地讚嘆是滑稽而不道德的。事實上偉大的厭世主義者也並非終日愁眉苦臉。而罹患不治之症的萊奧帕爾迪[7]有時也會在蒼白的玫塊花之間露出寂寥的微笑。

追記：不道德是過度的異名。

佛陀

悉達多偷偷逃出王宮後苦修了六年。之所以苦修六年，當然是因為宮中的生活極其豪奢應得的報應。我會這麼說是有依據的，拿撒勒木匠的兒子[8]聽說只斷食了四十天。

又

悉達多命令車夫拉著馬轡靜悄悄地離開了王宮。但他的思辯癖往往使他陷入憂鬱之中。當他逃出王宮以後，能讓他喘一口氣的，究竟是將來的釋迦無二佛還是其妻耶輸陀羅？似乎很難斷定。

又

悉達多歷經六年苦修之後，在菩提樹下修成正覺。有關他悟道的傳說大多在闡述他是如何地控制物質的精神面。他首先沐浴，繼而食乳糜，最後和牧牛少女難陀婆羅進行交談。

7 萊奧帕爾迪（Giacomo Leopardi，一七九八—一八三七），義大利詩人、哲學家、語言學家。
8 拿撒勒木匠的兒子，指耶穌基督。

政治天才

自古以來，政治天才似乎被認為是以人民意志當作他自身意志。實際上恰好相反。毋寧說政治天才是以自身意志當作人民意志之人。至少表面上讓人相信他嘴裡皆是出於人民的意志。因此，政治天才往往也兼具舞台表演天分。拿破崙曾說：「莊嚴與滑稽只有一步之差。」這句話與其說是帝王之言，倒不如說是出自名演員之口似乎較為貼切。

又

人民是相信大義的。政治天才往往把大義看作是一文不值的東西。但為了統治人民，有時又必須戴上大義的假面做做樣子。可一旦戴上之後，便再也無法摘掉它。若是強行摘掉的話，再怎麼厲害的政治天才也可能突然間死於非命。換句話說，帝王為了保住王冠只好身不由己地接受統治。是故，政治天才的悲劇通常也伴隨著喜劇。好比說古時候仁和寺的法師扛鼎而舞的《徒然草》[9]，不一定沒有喜劇。

愛比死更強

「愛比死更強」這句話出自莫泊桑的小說。但世上比死更強而有力的不僅僅是愛情。好比說傷寒病患明知一片餅乾足以致命，卻依然奮不顧身地吃下去，便是食欲比死更強的證據。此外諸如愛國心、宗教熱忱、人道精神、利欲、名譽心、犯罪本能等等，比死更強的東西不在少數。換言之，所有激情都比死更強而有力。（當然對死的激情是唯一例外。）以愛情來說，似乎也很難斷言它有什麼特殊之處強過死亡。甚至看上去容易被認為愛比死更強的情況，實質上支配我們的則是法國人所謂的包法利主義。意即耽於空想，把我們自己置身於傳奇戀人的「包法利夫人」以降的感傷主義。

9 《徒然草》，由吉田兼好法師所著，為日本三大隨筆之一。

地獄

人生比地獄還要地獄。地獄所給予的苦難並不會打破一定的法則。好比說餓鬼道的苦難就是眼前正要入口的飯食瞬時起火燃燒罷了。然而，不幸的是人生所給予的苦難卻沒有這麼單純。取食眼前飯菜之際，既有突然起火燃燒的情況，有時也會有毫不費力就吃到的情況。而輕易吃完之後，有可能不幸染上腸炎痛苦交加，也可能出現順利消化的現象。像這樣毫無法則的世界，任何人都難以順應。假如墮入地獄，我必定會在俄頃之間，出手掠奪餓鬼道的飯食。況且，只消在那針山或血池一帶，住上二、三年習慣了，應不至於格外感到跋涉之苦楚吧。

醜聞

一般大眾對醜聞始終興致濃厚。白蓮事件[10]、有島事件[11]乃至武者小路事件[12]——這些事件，讓一般大眾獲得了無上的滿足啊！那麼，一般大眾為何喜愛醜聞，尤其喜愛那些名聞於世公眾人物的醜聞？古爾蒙[13]對此這樣答覆：

「因為隱密的個人醜聞理所當然要公諸於世。」

古爾蒙的回答一語中的。但也不盡然如此。連醜聞都無法製造的凡夫俗子，在所有名人的醜聞中，找到了用來辯解自己怯懦無能的絕佳武器。同時也找到了樹立自己並不存在的優越感賴以生存的基石。「我沒有白蓮女史那麼漂亮，但比她更懂得潔身自愛。」「我沒有有島氏那麼有才華，但比他更通達人情世故。」「我沒有武者小路實篤那樣……」如此慷慨激昂發表完個人高見之後，一般大眾便如豬玀般幸福地酣睡了。

10 白蓮事件，指女詩人柳原白蓮，拋棄福岡煤礦王伊藤傳右衛門，與小她七歲的宮崎龍介私奔，並將離婚聲明寄給了報社，整個日本社會為之譁然。

11 有島事件，指小說家有島武郎於一九二三年，在輕井澤和有夫之婦的記者波多野秋子殉情。

12 武者小路事件，指作家武者小路實篤於一九二二年與夫人房子離婚後，隨即和飯河安子共組家庭一事。

13 古爾蒙（Remy de Gourmont，一八五八—一九一五），法國詩人、哲學家。

又

天才的另一面，就是明顯具備了製造醜聞的才能。

輿論

輿論通常是私刑，而私刑又往往是一種娛樂。好比說代替手槍，盡可利用「新聞報導」進行殘酷的私刑。

又

輿論的存在價值，僅僅在於它提供了蹂躪輿論的樂趣。

敵意

敵意與寒氣沒什麼分別。適度則予人爽快感，而且在保持健康方面，又是人們不可或缺的必需品。

烏托邦

完美的烏托邦無從實現，原因不外乎是——如果不改變人性，就不可能產生出什麼完美的烏托邦。反之，若是改變了人性，原以為完美的烏托邦似乎也就沒有那麼完美無瑕了。

危險思想

所謂危險思想乃是打算將常識付諸實行的思想。

惡

具有藝術家氣質的青年，發現「人性之惡」總是比其他人要來得慢。

二宮尊德

我記得小學國語課本裡曾大書特書二宮尊德的少年時代。生於貧苦人家，白天要幫忙農活，晚上又要編織草鞋，一邊和大人一樣工作，一邊靠著堅強的毅力勤奮自學。像所有勵志故事——或者所有通俗小說那樣很容易教人感動。實際上未滿十五歲的我為著尊德的志向感動的同時，甚至為著自己未能出生在像尊德那樣的貧苦人家而感到不幸福……

但是這個勵志故事給尊德帶來名譽的同時，另一方面當然也使得尊德的父親蒙受不白之冤。他們完全不讓尊德提供受教育的機會。不，毋寧說其所提供的全是妨礙。就父母的責任而言，這擺明了是一種羞辱。然而，我們的雙親和老師竟然天真地忘卻了這個事實。尊德的父母既不酗酒也不賭博，問題只在於尊德。再怎麼艱難辛苦也不肯放棄自學的尊德本人。我們少年應培養如尊德勇猛之志。

我為他們的利己主義感到近乎驚嘆。誠然，對他們來說像尊德這樣身兼男僕的少年必定都是好兒子。不僅如此，長大之後博得聲譽，還能大大彰顯父母之名——簡直是好上加好。但未滿十五歲的我在為尊德的志向感動的同時，還心想著未能生在如尊德那樣的貧苦人家之不幸，就好像被鎖鏈綑綁的奴隸希望得到更粗的鎖鏈一般。

奴隸

所謂廢止奴隸制度，指的其實只是廢止奴隸自我意識罷了。倘使沒有奴隸，我們的社會連一日也難保安寧。就連柏拉圖的共和國也預想著奴隸的存在，這未必是出於偶然。

又

稱暴君為暴君無疑是危險的。但在當今之世，除暴君以外，稱奴隸為奴隸同樣十分危險。

悲劇

所謂悲劇，意即不得不實行自己引以為恥的行為。是故，引發萬人共鳴的悲劇發揮了集體排泄的作用。

強弱

強者不懼怕敵人反倒是懼怕朋友。他可以一拳擊倒敵人無關痛癢，反之，對於傷害不相識的朋友卻感到類似孩子般的恐怖。

弱者不懼怕朋友反倒是懼怕敵人，因而總是到處尋找假想中的敵人。

S．M的智慧

以下是友人S．M對我說的話。

辯證法的功績——說到底最後得出這樣的結論，一切都滑稽可笑。

少女——不管走到何處，都是清冽的淺灘。

學前教育——嗯，這也不錯。尚在幼稚園的年紀就知曉智慧的悲哀，而且用不著負起任何責任。

追憶——地平線上遙遠的風景畫。要將它加以潤飾特別費工。

女人——根據瑪莉斯托普絲夫人[14]的說法，女人二週內至少要有一次挑起丈夫的情欲，方足以顯示其貞節。

年少時代——年少時代的憂鬱是對全宇宙表現的一種傲慢。

艱難將汝化為玉——若是如此，日常生活中深思熟慮之人便失去了成為玉的可能。

我們應該如何活下去——為未知的世界留下一點餘地。

社交

所有的社交都會摻入虛偽的成分，我想這是有其必要的。如果不加添絲毫的虛偽，就對我們的朋友知己吐露一片赤誠，即使是中國古代的管鮑之交，也免不了產生嫌隙。暫且不論管鮑之交，我們每一個人或多或少對親密的摯友知己懷有憎惡之情或輕蔑之意。但在利害關係之前，憎惡必定會收斂起鋒芒。而輕蔑則會使自己更加泰然自若地吐露虛偽。因此，為了與朋友知己繼續親密地交往下去，就必須把利害與輕蔑做最完善的處置。當然不管對任何人來說都是極其苛求的條件。否則我們早已成為富而好禮的紳士。世界也早就出現黃金時代的和平了。

瑣事

為了使人生幸福，必得熱愛日常瑣事。雲的光影、竹的搖曳、雀群嘈雜之聲、行人的臉孔——舉凡日常瑣事，從其中體會無上的醍醐之味。

使人生臻於幸福之境，究竟所為何來？——可是那麼熱愛瑣事之人，卻往往為了瑣事終日苦惱不已。跳入庭前古池的青蛙，果真破除了百年哀愁嗎？但躍出古池的青蛙或許又帶來了百年哀愁。非也，芭蕉的一生既是享樂的一生，看在任何人眼

---

14 瑪莉斯托普絲夫人（Marie Stopes，一八八〇—一九五八），英國人，提倡節育運動的知名人士。

中又是受苦的一生。為了能微妙地享樂，我們又必須微妙地受苦，這是生而為人的特權。

為了使人生幸福，我們必須苦於日常瑣事。雲的光影、竹的搖曳、雀群嘈雜之聲、行人的臉孔——必須從所有日常瑣事之中體悟墮入地獄的痛苦，方顯出人性之光輝。

神

在所有神的屬性中，最讓人同情的是神不能自殺。

又

我們發現謾罵神的無數理由。不幸的是，日本人並不相信一個萬能的神是值得被謾罵的。

民眾

民眾是穩健的保守主義者。制度、思想、藝術、宗教——凡此種種，必須帶有前朝古色古香的風味才會被民眾所喜愛。所謂的民眾藝術家不被民眾所喜愛未必盡是他們自身的罪過。

又

發現民眾的愚蠢未必是值得誇耀的事。但發現我們本身亦是民眾這點，無論如何絕對是足以感到自豪的事。

又

古人將愚弄民眾列為治國的大道理。似乎意味著可以使民眾更加愚笨。——又或者只要稍加玩弄，便可使民眾變得更加聰明。

契訶夫的話

契訶夫在其手記中論及男女差別：「女人隨著年齡增長，益發忙碌於從事女人的事；而男人隨著年齡增長，益發遠離女人的事。」

但契訶夫所言也等於說，男女隨著年齡增長，會自然而然減少與異性之間的交往。這種現象，不得不說連三歲娃兒都知道。非但如此，與其說是男女之間的差別，倒不如說突顯出男女之間的無差別。

服裝

女人的服裝至少是女人自身的一部分。沒有陷入啟吉的誘惑，想當然爾是礙於道德之念。不過，誘惑他的女人穿的都是從啟吉老婆那裡借來的衣服。如果不穿上借來的衣服，啟吉恐怕也不可能輕易遠離誘惑。

註：參見菊池寬所著〈啟吉的誘惑〉。

處女崇拜

許多人為了娶處女為妻，不知道在妻的選擇上重複多少次愚蠢可笑的失敗。差不多該是跟處女崇拜告別的時候了。

又

人們先知道處女這個事實之後，才患了處女崇拜這種毛病。意即重視零碎的知識勝過率直的感情。故必須說處女崇拜者是戀愛上的玄學家。所有的處女崇拜者全都道貌岸然，這一點絕非偶然。

又

無庸置疑，崇拜看似處女的與處女崇拜根本是兩碼子事。若將兩件事混為一談，大概輕看了女人在表演上的天分。

禮儀

一位女學生曾向我的友人這樣問道：

「到底接吻的時候，應該閉上眼睛呢？還是張開眼睛呢？」

所有的女校在課程中都沒有講解戀愛相關的禮儀，這點我也和女學生一同深表遺憾。

貝原益軒

我還在念小學的時候讀過關於貝原益軒的逸事。當時益軒曾和一名書生搭同一艘船。書生自恃其才學，滔滔不絕地談論古今學藝。益軒則一語未發，只是安靜地傾聽。沒過多久，船靠了岸。臨別時船上乘客互道姓名，書生始知那人是益軒，面對一代大儒，不禁感到羞愧而尷尬萬分，連忙向益軒請求謝罪。

當時的我從這則逸事之中發現到謙讓的美德，至少為了發現而努力是事實。但不幸的是，如今竟然連半點教訓都難以覓得。這則逸事多少能引起我的興趣，是基於下列三點：

一、始終沉默的益軒其侮蔑何其辛辣！

二、同船的客人因欣喜於書生知恥的喝采是何等的卑劣惡俗！

三、益軒所不知曉的新時代精神，在少年書生的高談闊論之中表現得何等生猛有力！

某種辯護

某新時代的評論家將成語「門可羅雀」用於「蜎集」之意。「門可羅雀」這個成語乃是中國人所創，日本人所使用的時候未必要沿襲中國人舊有的用法。倘若通用的話，形容成「她的笑容簡直門可羅雀」也未嘗不可。

倘若通用的話——萬事皆取決於這不可思議的「通用」之上。好比說「私小說」不也是如此嗎？究其語源，德語的 **Ich-Roman** 意謂著第一人稱的小說。這個「私」不一定指的是作家本人。但日本的私小說，往往將這個「私」視為作家本人。不僅如此，有時還看作是作家自身的真實經歷，以至於搞到最後使用第三人稱的小說，也被稱之為「私小說」。這當然是無視於德意志人——或全體西洋人的用法而自創新例。但全能的「通用」賦予新例以全新的生命。好比說「門可羅雀」這句成語還有可能出現類似出人意表的新例。

如此一來，某評論家就不是格外地缺乏學識。而是有些急於追求反潮流的新例。而受到這位評論家之揶揄者——反正，所有的先覺者都應該自甘薄命才是。

限制

天才也囿於各自難以跨越的限制。發現這種限制不能不伴隨或多或少的寂寞。但不知不覺間又產生了某種親切。就如同體悟到竹就是竹，常春藤是常春藤是一樣的道理。

火星

問火星上有沒有居民，其實要問的是有沒有像我們一樣具有五感的居民存在。但生命並不限於必得具備像我們之五感條件下才能成立。如果火星上的居民有超過我們這種五感的存在，火星來的人或許今夜也會伴隨秋風像是染黃法國梧桐葉子一樣登臨銀座亦未可知。

布朗基[15]之夢

宇宙之大無際無涯。但構成宇宙的元素不過六十幾種。這些元素的排列組合方式極盡變化之妙，但畢竟無法脫離有限的框架。於是，為了使這些元素能構成無限大的宇宙，在嘗試過所有排列組合方式後，還必須反覆進行無限的排列組合。由此可知，我們所棲息的地球——作為此類組合之一的地球也不僅限於太陽系中的一顆行星，應該還有無限存在的可能。雖然地球上的拿破崙曾經在馬倫哥之役大獲全勝，但在茫茫太虛中飄浮的其他地球上的拿破崙，說不準在馬倫哥之役一敗塗地亦未可知……

這是六十七歲的布朗基所夢想的宇宙觀。正確與否另當別論，唯布朗基在獄中將此夢付諸筆端之際，已對所有革命感到絕望。也唯獨這點至今仍使我們打從心底沁出幾許悲涼。夢想既已離他遠去。我們若是想求得慰藉，必須將輝煌的夢移往幾萬億哩之遙的天上——懸在宇宙之夜的第二個地球。

庸才

庸才的作品，縱使是大作，也必定像沒有窗戶的房間。對於人生的展望毫無助益。

機智

機智是欠缺三段式論法的思想。他們所說的「思想」其實是欠缺思想的三段式論法。

又

對於機智產生嫌惡念頭是根源於人類的疲勞。

15 布朗基（Louis Auguste Blanqui，一八〇五—一八八一），法國社會主義者和政治活動家。

政治家

政治家擁有比我們這些政治素人自鳴得意的政治知識，無非是一些眾說紛紜的事實性知識罷了。畢竟其程度與某黨的某位首領戴的是什麼樣式的帽子幾乎相去不遠。

又

所謂「理髮廳政治家」指的是不具有知識的政治家。即便見識淺薄也未必是劣等的政治家。況且其富於超越利害關係的熱情往往比政治家更為高尚。

事實

然而，民眾所感興趣的，往往是眾說紛紜建立於事實上的八卦。他們最想知道的不是愛為何物，而是基督耶穌到底是不是私生子。

武者修行

我向來以為武者修行是以四方的劍客當作比試的對手，用來精進其武藝。如今看來，實際上其目的是發現普天之下捨我其誰的心理。——《宮本武藏傳》讀後。

雨果

雨果是覆蓋全法國的一片麵包。但我怎麼也想不透，為何奶油總是塗抹得不夠充分。

杜斯妥也夫斯基

杜斯妥也夫斯基的小說充滿了所有形式的戲謔。自不待言，其戲謔的大部分足以使惡魔感到憂鬱。

福樓拜

福樓拜告訴我們的是：美好的百無聊賴也有其存在之必要。

莫泊桑

莫泊桑猶如冰塊。當然有的時候也像冰糖。

愛倫坡

愛倫坡在製作人面獅身像之前研究過解剖學。讓愛倫坡的後代感到驚駭的祕密就潛藏在這項研究裡。

某資本家的邏輯

「藝術家販賣他的藝術，和我販賣蟹肉罐頭，說起來半斤八兩，沒什麼差別。不過藝術家一提起藝術，便以為是天下至寶。如果要我仿效藝術家那一套，我也非得自誇那些每罐六十錢的蟹肉罐頭不成。不肖行年六十有一，還從未曾如藝術家那樣可笑地自命不凡。」

批評學

——致佐佐木茂索[16]君

一個天氣很好的午後，假冒為博士的梅菲斯特在一所大學講台上為學生講授批評學。而這個批評學不是什麼康德的理性批判，只是如何批評小說及戲曲的學問罷了。

「諸君，我想各位已經理解我上週所講的部分了，因此今天要來談更進一步的『半肯定論法』。所謂『半肯定論法』是什麼呢？照字面上所表現的那樣，是半肯定某件作品的藝術價值的批評方法。但是這裡的『一半』，必須是『比較差的那一半』才行，以這種批評方法而言，肯定『比較好的那一半』是相當危險的。

「例如，請試試將這個批評方法運用在日本的櫻花上吧，櫻花『比較好的那一半』是顏色及形態的美，可是為了運用這個批評方法，就必須肯定『比較差的一半』，而不是『比較好的那一半』，亦即必須肯定櫻花的香味才行。也就是說必須下這樣的判斷：『果然是有香味，畢竟不過如此罷了。』如果不是肯定『比較差的那一半』，而是肯定『比較好的那一半』的話，會產生什麼破綻呢？『顏色及形態真的很美，畢竟不過如此罷了。』——如此一來絲毫沒有貶低櫻花的意思。

「當然批評學的問題與如何貶低小說或戲曲有關，但是現在沒有必要去說明這一點。

「那麼『比較好的那一半』及『比較差的那一半』，究竟根據什麼樣的標準來區分呢？為了解決這個問題，就必須回到我經常提及的價值論，價值並不是像古代所信仰的存在於作品裡，而是存在於鑑賞作品的我們心中，於是『比較好的那一半』及『比較差的那一半』，必須是依照我們的內心為標準——或者是以一個時代的民眾喜好為標準來區別才行。

「例如今日的民眾不喜愛日本風的花草，亦即日本風的花草是不好的。此外，今日的民眾喜愛巴西咖啡，亦即巴西咖啡一定是好的。一個作品的藝術價值的『比較好的那一半』及『比較差的那一半』，當然也必須像這樣加以區別不可。

16 佐佐木茂索（一八九四—一九六六），小說家、出版人，師事芥川龍之介。

「不運用這個標準卻去追求美啊、真啊、善啊等等標準，是最滑稽的時代錯誤。諸君必須像染紅的草帽一樣捨棄舊時代才行，善惡不超越好惡，好惡亦即善惡，愛憎亦即善惡——這不僅限於『半肯定論法』，也是志在批評學的諸君絕不能忘記的重要法則。

「所謂的『半肯定論法』，大抵如上所述，不過最後請大家要注意的是『不過如此罷了』這句話，無論如何一定要使用『不過如此罷了』才能達到效果。第一既然說出『不過如此罷了』確實肯定了『如此』，亦即肯定了『比較差的那一半』，第二也確實否定了『如此』以外的一切，亦即『不過如此罷了』再沒有其他優點，這句話必須說得頗有抑揚頓挫的趣味才行，更微妙的是第三，在隱約之間否定其藝術價值。雖說是否定，卻沒有明確說出為什麼要否定，只是意在言外被否定掉了——『不過如此罷了』這句話最顯著的特色是，看似彰顯卻又晦暗，看似肯定卻又否定，掌握這模稜兩可的特色，就是『半肯定論法』的真正意涵。

「我認為這個『半肯定論法』比『全否定論法』或者是『緣木求魚論法』，更容易博取信任。『全否定論法』或者是『緣木求魚論法』就如同上週所講的，不過為了慎重起見，容我在此簡略地重述一遍，就是將某作品的藝術價值根據其藝術價值本身，將其全盤否定的批評方法。例如為了要否定某悲劇的藝術價值，可以於其上加諸悲慘、不快、憂鬱等負面字眼，另外將這些負面字眼倒過來使用，咒罵某悲劇欠缺幸福、愉快、輕妙也無所謂。而『緣木求魚論法』是指後者所舉的例子。『全否定論法』或『緣木求魚論法』，並不會讓人感到痛快至極，有時還會招來偏頗的質疑。但『半肯定論法』，至少是半承認某作品的藝術價值，因此比較容易被視為公平的看法。

「接下來我出一道練習題目：佐佐木茂索氏的《春之外套》，下週請針對佐佐木氏的作品加以分析，提出『半肯定論法』。（此時一名聽講的學生提問，老師不可以採用『全否定論法』嗎？）不，採用『全否定論法』，至少必須符合當前的情況，佐佐木氏畢竟是位有名氣的新銳作家，我想還是採用『半肯定論法』為宜。」

×

一週之後，獲得最高分的答案揭曉如下：

「寫得真是巧妙，畢竟不過如此罷了。」

親子

父母是否適合養育孩子，我認為是值得存疑的。誠然牛馬是仰賴牠們的雙親養育茁長。然而，以自然為前提之下，來辯護這個舊習，那也確實是父母對於子女的一種為所欲為。若是本著自然為前提，對於任何舊習都可以得到辯護的話，那麼我們必須先為未開化人種之掠奪婚姻進行辯護。

又

母親對於子女的愛是最沒有利己心的愛。但是，沒有利己心的愛未必最適合養育其子女。這種愛對子女的影響——至少大部分的影響，或者使其成為暴君，或者使其成為懦弱的人。

又

人生悲劇的第一幕，是從親子開始的。

又

自古以來絕大多數父母都重複這樣一句話：「我終究是個失敗者，但務必要使這孩子出人頭地。」

可能

我們並不能做自己想做的事，只能做自己能做的事。這不僅僅限於我們個人，我們所處的社會也是如此。就連神也未必能稱心如意創造出這個世界。

摩爾[17]的話

喬治・摩爾在《死之自我備忘錄》這本書中有這樣一句話：「偉大的畫家對自己署名的地方格外小心翼翼，並且絕不讓自己的署名兩次出現在同一個地方。」當然「絕不讓自己的署名兩次出現在同一個地方」，對於任何畫家都是不可能的。這點倒是無須責怪。我感到意外的是「偉大畫家對自己署名的地方格外小心翼翼」這句話。東方畫家對落款的地方從來未嘗加以輕視。說要請注意落款的地方根本是陳腔濫調。當我想起特地提筆講這件事的摩爾，就不由得感到東西方文化上的差異。

大作

將大作與傑作混為一談，確實是鑑賞上的物質主義。大作不過是工錢上的問題。比起米開朗基羅〈最後的審判〉壁畫，我更喜愛六十多歲林布蘭的自畫像。

我所鍾愛的作品

我所鍾愛的作品——文藝作品，畢竟是作家能感動人的作品。人——也就是頭腦、心臟與官能一應俱全的人。但遺憾的是，許多作家都是缺少某一部分的殘缺者。（當然有時候對於偉大的殘缺者也不得不佩服。）

《虹霓關》觀後

並非男的獵取女的，而是女的獵取男的。——蕭伯納在《人與超人》之中已經將這個事實戲曲化。然而，將這個事實戲曲化的並不是蕭伯納最先開始的。我看過梅蘭芳演的《虹霓關》，得知中國也有注意這個事實的戲曲家。不但如此，《戲考》之中，除了《虹霓關》之外，還記載著幾個女人運用孫子兵法及劍戰的原理來

17 喬治・摩爾（George Moore，一八五二—一九三三），英國詩人、小說家。

獵取男人的故事。

例如《董家山》裡的女主角董金蓮、《轅門斬子》裡的女主角穆桂英、《雙鎖山》裡的女主角金定，皆是如此這般的女中豪傑。看那《馬上緣》的女主角樊梨花，不僅將自己喜愛的少年將軍擄於馬背之上，不顧對方已有家室，而且還強迫其成了婚。胡適先生曾對我說：「除了《四進士》，我對全部京劇的價值都打算加以否定。」但這些京劇至少本身都相當具有哲學性。身為哲學家的胡適先生在這個價值面前，或多或少，總該可以緩和一下他的雷霆之怒吧？

經驗

倘若一味因循著經驗法則，就如同不去考慮消化功能只顧著狼吞虎嚥。反之，若是完全不因循經驗法則，而僅僅仰賴能力，等於是不去考慮食物只迷信消化功能沒有多大區別。

阿基里斯

希臘的英雄阿基里斯並非完全的金剛不壞之身，唯獨足踝是他的罩門。——也就是說，要了解阿基里斯，應先了解他的足踝。

藝術家的幸福

最幸福的藝術家是晚年獲得幸福的藝術家。如此想來，國木田獨步也未必會是不幸的藝術家。

大好人

女人通常並不想找個大好人當丈夫。可是，男人卻經常找大好人做朋友。

又

與大好人最相似的就是天上的神。第一，人們樂於向他傾訴歡喜的事。第二，人們樂於向他傾訴不滿的事。第三——在或不在都無所謂。

罪

「憎惡其罪而不憎惡其人」——實行起來未必困難。大多數子女對於他們的父母親都認真地實行這句格言。

桃李

古賢者云：「桃李不言，下自成蹊。」[18]我認為並非「桃李不言」，事實上應是「桃李若言」。

偉大

民眾喜愛被人格或事業上的偉大所籠絡。但有史以來從不曾有人熱衷於直接面對偉大本身。

聲明

〈侏儒的話〉十二月號的〈致佐佐木茂索君〉並非貶低佐佐木君，而是嘲笑不承認佐佐木君的批評家。藉由這篇聲明，或許有蔑視《文藝春秋》的讀者智商之嫌。但實際上，據說是批評家執意認為我的文章是在貶低佐佐木君。並且聽聞這位批評家的追隨者還不少。為此有必要在此提出一句聲明。不過，將此公諸於世並非我的本意，其實是同行前輩里見弴君煽動的結果。為此聲明動肝火的讀者請責怪里

18 出自《史記．李將軍列傳》，意思是桃樹李樹雖然不會說話，但憑着花果便吸引人們在樹下走出了一條路，藉此比喻一個人要是真誠、高尚，自然能夠感動他人。

見君好了。——〈侏儒的話〉作者。

追加聲明

前面的聲明裡「請責怪里見君好了」那句話當然是我開的玩笑。其實不責怪也行。我實在太敬佩某批評家所代表的一群天才，以至於多少變得有點神經質。（作者同上）

再追加聲明

前面的追加聲明中所說「敬佩某批評家所代表的一群天才」當然是反諷的話，可別信以為真。（作者同上）

藝術

書力三百年，書力五百年，文章之力千古無窮，此乃王世貞所言。從敦煌出土的文物來看，書畫經歷五百年之後，似乎依然保有力量。而文章之力是否真能留存千年則是存疑。觀念也不可能超然於時間之外。我們的祖先說起「神」這個字，聯想到的是衣冠束帶的人物。但是，同樣的字，我們想起的卻是美髯修長的西洋人。這不僅限於神，而是廣泛地適用於各種方面。

又

記得從前曾看過東洲齋寫樂[19]的似顏繪[20]，其畫中的人物胸前展開一幅扇面，

19 東洲齋寫樂，江戶時代的浮世繪畫家。

20 似顏繪，將真人及其心情描繪在畫紙上，不純然寫真的肖像畫，在江戶時代相當盛行。

描繪著綠色的光琳波[21]顯然是為了加強整體色彩呈現的效果。但以放大鏡窺之，那綠色則是泛著銅錄的金色。我感受到這幅寫樂之美是事實。但我的感受與寫樂所捕捉到的美並非同一件事也是事實。如此說來，我認為同樣的變化在文章上也必然會出現。

又

藝術等同於女人。必須籠罩在一個時代精神的氛圍下或流行現象之中，方能顯出它風情萬種的姿態。

又

不僅如此，藝術在空間上仍身負重軛。愛一國民眾的藝術必須了解一國民眾的生活。在東禪寺遭受浪士襲擊的英國特使薩魯沙弗阿爾科特就認為，日本人的音樂是噪音。他的著作《駐日三年》有這麼一段：「我們登坡途中，聽到近似南丁格爾的鶯啼之聲。據說這是日本人教黃鶯唱歌。倘若此事當真，確實值得訝異。因為日本人原本並不知曉音樂究竟為何物。」（第二卷第二十九章）

天才

天才與我們之間僅隔一步之遙。但為了理解這一步，必須懂得「百里之半為九十九里」的超數學。

又

天才與我們之間僅隔一步之遙。同時代的人並不理解這一步千里。後代的人又

21 光琳波，江戶知名畫家尾形光琳所創的波形圖案。

盲目地崇拜這千里一步。同時代的為此扼殺了天才。後代的又為此在天才的靈前焚香祭悼。

又

大眾對於天才的認定相當吝嗇，教人難以置信。但其認定的方式通常頗為滑稽，實在令人啼笑皆非。

又

天才的悲劇是被賜予「小巧而舒暢的好名聲」。

又

耶穌：「我雖吹笛，汝等卻不跳舞。」
眾人：「我等雖跳舞，汝亦不知足。」

謊言

我們無論在任何情況下，都不可能不顧我們自身利益而投下所謂「神聖的一票」。將「我們的利益」代換為「天下的利益」乃是整個共和制度的謊言。必須有此體認，這個謊言即使在蘇維埃政權的統治下依然不會消滅。

又

採取合為一體的兩個觀念，其接觸點足堪玩味。這樣，諸君就會發現，由此衍生出多少謊言來。故而所有的成語，往往都帶有相同的問題。

又

給予我們的社會以合理的外觀，其實正是因其不合理——難道不覺得它不合理到了極點嗎？

列寧

最令我驚詫的是，列寧是一位再平凡也不過的英雄。

賭博

巧合亦即與神的搏鬥總是充滿神祕的威嚴。賭博者亦不例外。

又

古來從沒有熱衷於賭博的厭世主義者——這點充分表現了賭博的人生。

又

法律之所以禁止賭博，並不是非議依據賭博而成立的財富分配法。其實是因為其經濟上的非生產性行為而遭致非議。

懷疑主義

懷疑主義也是建立在一個信念之上——不懷疑可疑這個信念上才能夠成立的。這或許有些自相矛盾。但懷疑主義同時也懷疑是否存在全然不立足於信念之上的哲學。

正直

倘若變得正直，我們很快就會發現任何人都不可能正直。因此，我們勢必會對變得正直這件事感到忐忑不安。

虛偽

我認識一個說謊者。她比任何人都來得幸福。但由於其謊言過於巧妙，即使說的是真話，也被當作是一派胡言。光是這點，在任何人眼中，無疑都認定是她的悲劇。

又

毋寧說，我也像所有的藝術家那樣善於編織謊言。可是在她的面前我只有甘拜下風，就連去年說過的謊，她都記得猶如五分鐘前一樣清晰。

又

我知道這是很不幸的。有時候唯有依憑謊言才能訴說真實。

諸君

諸君害怕青年為了藝術而自甘墮落。但暫且安心吧，他們並不像諸君那麼容易自甘墮落。

又

諸君害怕藝術會毒害國民。但暫且安心吧，至少藝術絕不可能毒害諸君。絕不可能毒害不能理解兩千年來藝術魅力的諸君。

忍讓

忍讓是羅曼蒂克的卑躬屈膝。

企圖

成事未必困難。但想要做的事卻往往困難。至少想做足以成事的情況是如此。

又

欲知他們的能耐，必須根據他們已做成的事來分析他們即將要做的事。

士兵

理想的士兵必須絕對服從上級長官的命令。絕對服從意謂著絕對不可以加以批判。意即理想的士兵必須先失去理性。

又

理想的士兵必須絕對服從上級長官的命令。絕對服從意謂著絕對不負責任。意即理想的士兵必須先樂於不負責任。

軍事教育

所謂的軍事教育，畢竟只是傳授軍事用語的知識罷了。其他的知識和訓練不用等待軍事教育也能獲得。現今就連海陸軍學校不也聘請了諸如機械學、物理學、應用化學、外語，這些當然不用說，還有劍道、柔道、游泳等專業的老師。再進一步想，軍事用語不同於學術用語，大部分通俗易懂。如此一來，所謂的軍事教育事實上等同於零。而事實上等同於零的利害得失當然沒有計較之必要。

勤儉尚武

再沒有比「勤儉尚武」更空泛而無意義的字眼了。尚武是國際性的奢侈，列強為了擴充軍備不是會耗費巨資嗎？若言「勤儉尚武」豈非癡人說夢，必須說成是「勤儉遊蕩」方能通行無阻。

日本人

兩千年以來，以為我們日本人一直是忠君又孝親的想法，其實好像和猿田彥命[22]抹上徒具形式的髮蠟沒什麼兩樣。是時候了，應該把歷史事實原原本本地攤開在陽光之下檢視，不是嗎？

倭寇

倭寇顯示我們日本人也有足以與列強為伍的優秀能力。即便在劫掠、殺戮、姦淫等方面，我們也絕不輸給登陸「黃金之島」[23]的西班牙人、葡萄牙人、荷蘭人、英吉利人。

《徒然草》

我三番兩次被問道：「你肯定喜歡《徒然草》吧？」然而不幸的是，我未嘗讀過什麼《徒然草》。老實說《徒然草》何以如此名聞遐邇，我幾乎無法理解。即使

22 猿田彥命，日本神之一，身材高大、鼻子長。
23 馬可・波羅在《馬可・波羅遊記》中將日本描述為「黃金之島」，成為歐洲人探訪東洋的動機之一。

我承認它確實很方便收錄在中學程度的教科書。

徵候

戀愛的徵候之一，是她開始回想起自己愛過的幾個男人，或愛過什麼樣的男人，而對於假想中的幾個人產生淡淡的嫉妒之意。

又

戀愛的另一徵候，是她發現與自己相似的臉孔，對此極度的敏感。

戀愛與死

戀愛使人聯想到死或許是進化論的一個有力根據。蜘蛛、蜂類交尾結束後，雄的立即被雌的刺殺死。我在觀看義大利走唱藝人的歌劇《卡門》時，總覺得卡門的一舉一動有著蜂類的攻擊傾向。

替身

為了愛她，我們往往尋找另一個女人作為她的替身。這種可悲的情況未必僅出現在她拒絕我們的時候。有時基於怯懦，有時基於對美的需求而不惜將某一個女人用來作為滿足我們這種殘酷欲望的慰安對象。

結婚

結婚對於調節性慾是有效的。卻無益於調節戀愛。

又

他在二十幾歲結婚之後，就再也沒有陷入戀愛關係。這是何等的俗不可耐！

忙碌

把我們從戀愛中拯救出來的，與其說是理性，倒不如說是忙碌。為了使戀愛發揮到淋漓盡致，最重要的是必須擁有足夠的時間。維特、羅密歐、崔斯坦——想想自古以來的戀人們，他們無一不是有閑之輩。

男子

男子向來看重工作勝於戀愛。若懷疑此一事實，不妨讀一讀巴爾札克的書簡，他在寫給范斯嘉伯爵夫人的信裡面如此寫道：「這封信若是換算成稿酬，也超過好幾枚法郎。」

舉止禮儀

過去出入我家的一位手藝勝過男人的女梳髮師，她有一個女兒，我還記得那個臉色蒼白十二、三歲的女孩。女梳髮師很嚴格地教導她女兒舉止禮儀。尤其不允許她睡覺離枕，每次睡覺離枕不是體罰就是訓斥她。近來偶然間聽說那女孩在大地震發生前當上了藝妓。當我聽聞此事，總感到有些不忍，又不能不面帶微笑。我想即使當了藝妓，她想必也是接受母親的嚴格指導，如今應不至於睡覺離枕吧……

自由

沒有誰不嚮往自由。但這僅僅是表面上而已，其實骨子裡一點也不追求所謂的自由。就連殺人奪命毫不心慈手軟的無賴漢，也振振有辭說著為了「金甌無欠」[24]的國家而殺死了某某不是嗎？這就是最好的證據。而所謂的自由意指我們的行為不受拘束，亦即對於神明、道德或社會規範堅決不負起任何連帶責任。

又

自由近似於山巔上的空氣。之於弱者，兩者皆不堪承受。

又

誠然，仰望自由，好像直接看見神明的臉。

又

自由主義、自由戀愛、自由貿易——不巧的是，這些自由無不摻雜了大量的水，而且大多是死水。

言行一致

為了得到言行一致的美名，必先善於自我辯護。

方便

世間縱有不欺一人的聖賢，卻沒有不欺瞞天下的聖賢。佛家所說的善巧方便，

24 金甌無欠，語出《南史》，意指國土像酒杯一樣，無任何缺角。

一言以蔽之，是精神上的馬基維利主義[25]。

藝術至上主義者

古來狂熱的藝術至上主義者大抵是藝術上的去勢者。正如狂熱的國家主義者大抵是亡國之民——我們任何人都不會追求我們自身已經擁有的東西。

唯物史觀

假使任何小說家都必須立足於馬克思的唯物史觀來描寫人生，那麼與此同樣地，任何詩人都必須立足於哥白尼的地動說才能歌頌日月山川。問題是，將「太陽西沉」一代換成「地球旋轉了幾度幾分」一未必是優美的。

中國

螢火蟲的幼蟲吃蝸牛的時候並不完全殺死蝸牛。只是將其局部痲痺，以便能常食用新鮮的蝸牛肉。以我們日本帝國為首的列強對中國的態度，說到底，與螢火蟲對待蝸牛的態度並無二致。

又

今日中國最大的悲劇是沒有一位足以給無數國家浪漫主義者——即為了「年輕中國」予以鐵血訓練的墨索里尼。

25 馬基維利主義一詞，其實是馬基維利政治理論的誤傳，現代經常被用以描述為達目的可以不擇手段，甚至是極端的政治立場。

小說

擬真的小說，不單要在故事情節的發展盡可能減少偶然性，或許可以這麼說，其對於人生的敘述也要盡可能減少偶然性。

文章

比起擺放在字典裡，文章中的詞彙必得更著重其美感的營造。

又

他們皆如樗牛[26]所稱之「文如其人」。但各自內心似乎都認為「人如其文」。

女人的臉

在熱情的驅使之下，女人的臉往往不可思議地呈現少女的容顏，想當然爾，其熱情完全可以是對於陽傘產生的短暫亢奮。

處世智慧

滅火比放火容易。這種處世智慧的代表當屬莫泊桑《漂亮朋友》的主角吧。他與情人相戀之初早已預先有了分手的打算。

又

若只是單純的處世，可以不去在意熱情不足的問題。相較之下，更危險的倒不

26 高山樗牛（一八七一—一九〇二），日本作家、評論家。

如說是顯而易見對於冷淡的缺乏。

恆產

所謂無恆產者無恆心，那已經是兩千年前的事。時至今日，似有恆產卻無恆心者比比皆是。

他們

我對於他們夫妻在沒有愛的基礎下就相擁彼此生活感到驚嘆不已。可是不知何故，他們對於一對情侶相擁而死卻驚嘆不已。

作家創造的詞彙

「卓爾不群」、「高等遊民」、「暴露狂」、「老生常談」等詞彙流行在文壇上，是從夏目漱石先生開始的。作家創造的這種詞彙，在夏目先生之後也不是絕無僅有。久米正雄君創造的「微苦笑」、「強氣弱氣」等或許是其中翹楚吧。另外使用「等、等、等」，是宇野浩二[27]君所創造的。我們並非有意識地表示敬佩。不僅如此，偶爾還會有意識地對我們心中的敵人、怪物以及狗兒表示敬佩。在謾罵某位作家的文章裡，引用那位作家創造的詞彙，或許並非出於偶然。

幼兒

到底是出於什麼理由，我們會疼愛幼小的孩子呢？其理由的一半至少是因為無

27 宇野浩二（一八九一—一九六一），日本小說家，因為精神衰弱而發狂，長達七年無法寫作。

須擔憂被幼兒所欺騙的緣故。

又

我們恬然公開我們的愚蠢而不以為恥的情況，僅限於對於幼兒——或者只對於狗貓之時。

池大雅[28]

「大雅不拘小節，疏於世情，迎娶其妻玉瀾時，竟不知如何行房，其為人如何由此可見一斑。」

「大雅娶妻卻不知夫婦之道——此等似不食人間煙火之事，說有趣，也確實有趣。若說其愚蠢到毫無常識可言也未嘗不可。」

從上述的引文顯示出，相信這種傳說的人至今仍殘存在藝術家和美術史家之中。大雅迎娶玉瀾時或許沒有彼此交合，然而若因此相信大雅不諳夫妻行房之道——那麼這個人肯定本身就有著強烈的性慾，由此可以假使這個人確信深諳夫婦之道，豈有可能不行房就了事。

荻生徂徠[29]

荻生徂徠以嘴裡嚼著煎豆罵古人為快。嚼煎豆咸信是出於儉約，至於為何要罵古人我向來無法理解。不過今日想來，罵古人確實比罵今人更能暢所欲言。

作家

寫文章不可或缺的首先是創作的熱情。燃燒創作熱情必不可少的首推一定程度

---

28 池大雅（一七二三—一七七六），日本江戶時代的藝術家，文人風格書法家。

29 荻生徂徠（一六六六—一七二八），日本儒家哲學家，江戶時代最具影響力的學者之一。

的健康。作家向來不重視什麼瑞典式體操、蔬食主義、複方酵素之類的健康良方，因為這些並非舞文弄墨的文人嗜好的取向。

又

志在文章創作的人，無論具有怎樣的都會人氣質，其心靈深處必然住著一個野蠻人。

又

欲從事寫作之人又為自身羞愧，無疑是一種罪惡。為自身羞愧的心田之上可能萌生出任何具有獨創性的嫩芽。

又

蜈蚣：稍微用腳走一下試試。
蝴蝶：哼，不然你稍微用翅膀飛一下看看。

又

氣韻乃是作家的後腦勺。作家自己本身是看不到的。如果勉強想看的話，恐怕會頸椎骨折吧。

又

批評家：就只能寫上班族的生活？
作家：難道有人什麼都能寫不成？

又

自古以來所有的天才都把帽子掛在我們凡人手無法觸及的牆釘上。當然，並非沒有凳子可以踩上去。

又

然而，那張凳子不知道流落到哪家古道具店。

又

所有作家，一般都具有手工藝師的面貌。但這並非恥辱，所有的手工藝師也都具有作家的面貌。

又

另一方面，所有作家也都開店做生意。什麼，我不賣作品？嗯，那是沒有人買的時候，或者不賣也無所謂的時候。

又

演員和歌手的幸福在於他們不留存自己的作品。——我沒有理由不作如此想。

（以下遺稿）

辯護

比起為他人辯護，為自己辯護尤其困難。不信的人，且看看律師吧！

女人

健全的理性發出命令。「爾，勿近女人！」但是健全的本能發出全然相反的命令。「爾，勿避女人！」

又

對我們男人而言，女人恰恰是人生的全部。意即諸惡的根源。

理性

我輕蔑伏爾泰。若是以理性貫穿始終，那麼我們必須對於自身的存在加諸滿腔的詛咒。但陶醉於世界讚賞的《憨第德》[30]的作者的幸福！

自然

我們之所以愛自然——原因之一是至少自然不像我們人類這樣會嫉妒和詐欺。

處世之道

最聰明的處世之道是一面輕蔑社會的因襲，又與其毫無矛盾地生活著。

女人崇拜

崇拜「永遠的女性」的歌德的確是幸福者之一。然而，輕蔑母 Yahoo[31] 的斯威

30《憨第德》，伏爾泰著，法國諷刺小說，透過怪誕且緊湊的故事情節諷刺宗教信仰、神學家、政府、軍隊與哲學。

31 出現在《格列佛遊記》裡，低等動物，具有人形。

夫特也並沒有發狂而死。這是女性的詛咒？又或者是理性的詛咒？

理性

理性告訴我們的是，理性終究是無能為力的。

命運

命運與其說是偶然的機遇，不如說是必然的宿命。「命運存在於性格中」這句話絕不可等閒視之。

教授

借用醫學用語，既然要講授文藝，不是應該運用臨床經驗才對。但他們未嘗觸摸過人生的脈搏。尤其他們之中有的聲稱精通英法的文藝，但對於自己祖國的文藝卻一竅不通。

知德合一

我們甚至不了解我們自身。何況將我們所知的事付諸實行更是困難。即便是寫出《智慧與命運》的梅特林克[32]也不了解智慧與命運。

藝術

最困難的藝術是自由地經歷人生。不過這「自由」的定義未必是「厚顏無恥」。

32 莫里斯．梅特林克（Maurice Maeterlinck，一八六二—一九四九），比利時詩人、劇作家。

自由思想家

自由思想家的弱點在於其為自由思想家。他終歸不能像狂熱信徒般那樣勇猛地戰鬥到底。

宿命

宿命也許是後悔之子。——或者後悔是宿命之子亦未可知。

他的幸福

他的幸福存在於他本身欠缺教養。他的不幸亦是如此——啊，這是何等的乏善可陳！

小說家

最棒的小說家是「通達世故的詩人」。

語言

所有的語言如同錢幣一樣必定有正反兩面。例如「敏感的」這個詞的另一面說穿了不過是「怯懦的」。

某物質主義者的信條

「我不相信神。卻相信神經。」

傻瓜

傻瓜總以為除了自己以外的人全都是傻瓜。

處世的才能

再怎麼說「憎惡」畢竟是處世的才能之一。

懺悔

古人在神明面前懺悔。今人在社會面前懺悔。如此，除了傻瓜與惡棍以外，也許任何人都無法在不懺悔的情況下忍受娑婆之苦。

又

但無論是哪種懺悔的行為，可信度如何又是另當別論。

《新生》讀後

果真有「新生」了嗎？

托爾斯泰

讀完畢瑞科夫[33]的托爾斯泰傳，愈覺得托爾斯泰《懺悔錄》和《我的宗教觀》顯然都是謊言。然而，這世上沒有比像這樣連續撒謊的托爾斯泰的心更為傷痛了。

33 畢瑞科夫（Pavel Birjukov，一八六〇—一九三一），海軍軍官，退役後活躍於大眾文學。

因為他的謊言遠比別人說的實話更為鮮血淋漓。

兩個悲劇

斯特林堡一生的悲劇是「隨意觀覽」的悲劇。而托爾斯泰一生的悲劇，不幸的並不是「隨意觀覽」，而是後者比前者以更大的悲劇收場。

斯特林堡

他無所不知。並且毫無顧忌地對於所知之事物暢所欲言。是真的毫無顧忌嗎？不，或許如同我們一樣心裡多少有所盤算。

又

斯特林堡在《傳說》中，說他曾做過死亡是否痛苦的實驗。但這實驗並非遊戲，他也是「想死而自殺未遂」的其中一人。

某理想主義者

他對於認定自己是個現實主義者絲毫沒有疑惑。然而這樣的他，終究還是理想化了他本身。

恐懼

我們之所以拿起武器是基於對敵人的恐懼。並且往往是對於不存在於現實中的假想敵的恐懼。

我們

我們皆以自身為恥，同時又對他們既懼又怕。可是誰也不敢坦率地說出此一事實。

戀愛

戀愛不過是承受以詩意為表現的性慾。至少不承受以詩意為表現的性慾，不值得稱之為戀愛。

某老練者

他不愧為老練者。甚至連戀愛都鮮有所聞，除非發生了醜聞。

自殺

千萬人共通的唯一情感是對死亡的恐懼。道德上對於自殺評價不高或許並非出於偶然。

又

蒙田對於自殺的辯護多少蘊含真理在其中。沒有自殺的人未必不會自殺，而是不願自殺罷了。

又

如果想死的話，隨時都死得成。

所以呢，不妨可以嘗試看看！

革命

革命之上再加以革命。如此一來我等便可比今日更合理地嘗得娑婆之苦。

死

麥蘭德[34]頗為精確地記述死的魅力。事實上我們也因為某種契機而感受到死的魅力。然而最後都難逃於其魔掌。宛如繞著同心圓在旋轉似的一步步朝向死亡逼近。

《伊呂波》短歌

我們生活不可或缺的思想搞不好盡在《伊呂波》短歌之中。

命運

遺傳、境遇、機緣——掌管我們命運的不外乎這三者。沾沾自喜的人自得其樂也就罷了。但若是向人說三道四便是犯了僭越之罪。

嘲諷者

嘲諷他人的人同時害怕被別人嘲諷。

34 麥蘭德（Philipp Mainländer，一八四一—一八七六），德國哲學家，著有《解脫的哲學》。

某日本人的話

給我瑞士！不然的話，就給我言論的自由吧！

人性的，過於人性的

人性的，過於人性的東西，大抵上都帶有動物的性質。

某才子

他相信自己即使成為惡棍也不至於變成傻瓜。然而幾年之後，不僅惡棍也當不成，依然始終是個傻瓜。

希臘人

將復仇之神置於宙斯之上的希臘人啊。你們已經洞悉了一切。

又

但同時也顯示出我們人類的進步是多麼地遲緩。

《聖經》

個人的智慧不如民族的智慧。只是，若能再稍微簡潔些……

某孝子

他事母至孝，當然他深知愛撫與接吻能給予其寡母性方面的安慰。

某惡魔主義者

他是個惡魔主義的詩人。不用說在現實生活中超越了安全地帶，僅僅一次，他便嘗盡了苦頭。

某自殺者

他為了芝麻綠豆的小事決心要自殺。這無疑對他的自尊心是嚴重的打擊。他把手槍拿在手裡傲然自語：「拿破崙被跳蚤叮咬時必定也會感到發癢。」

某左傾主義者

他位於最左翼的左翼。故而始終輕蔑最左翼。

無意識

我們性格上的特色是——至少最顯著的特色是超越我們的意識。

自誇

我們最為自誇的僅限於我們並不擁有的東西。實例：T精通德語。但他的書桌上擺的全是英文書。

偶像

任何人都不反對破壞偶像。同時也不會對於自己被形塑成偶像持有異議。

又

然而任何人都無法以偶像自居並且處之泰然，除非這是他的天命。

天國的子民

天國的子民首先應不具有胃袋與生殖器。

某幸福者

他比誰都來得單純。

自我嫌惡

自我嫌惡最顯著的徵候是企圖從一切事物中發現虛偽，而且絲毫不以此為滿足。

外表

最怯懦的人外表看上去往往是最勇敢的人。

人的特質

身為人類的特質，就是會觸犯神明絕不會犯下的過失。

罰

再沒有比不受罰更教人痛苦的懲罰。如果是神保證不受懲罰那又另當別論。

罪

說穿了，罪就是一種遊走在道德與法律範圍內的冒險行為。因而任何罪無不帶有傳奇性色彩。

我

我不具有良心，有的只是神經的本能反應。

又

關於別人的事，我時常這樣想著「不如死掉算了」。可是這些別人當中甚至又摻雜著骨肉至親。

又

我時常這樣想——「如同我對於那女子傾心時，她也對我傾心一樣，我對那女子感到厭煩時，最好她也對我產生厭煩。」

又

過了三十歲之後，我總是一感受到愛情就隨即埋首於抒情詩的寫作，然而在感情還沒有深入之前就脫身。不過，這未必是我道德上的進步，僅僅是因為我會記得撥一下心中的算盤。

又

縱使再心儀的女子，只要與其交談一小時以上便覺得枯燥乏味。

又

我經常說謊。但從口中說出來的謊言拙劣至極，唯訴諸於文字時例外。

又

對於和第三者之間共有一個女人我不會有所不滿。但第三者不知是幸還是不幸，不知道此一事實時，我往往會突然對那個女人心生憎惡之感。

又

對於和第三者之間共有一個女人我不會有所不滿。但先決條件是：和第三者之間的關係或者完全素不相識，或者維持極其疏遠的距離。

又

對於愛戀第三者而矇騙其丈夫的女人，我依然可以心生愛意。但對於愛戀第三者而棄子女不顧的女人，卻會感到滿腔的憎惡之情。

又

能使我感傷的唯有天真無邪的孩童。

又

三十歲之前我愛過一個女人。有一次她對我說：「我對不起你太太。」我倒是不覺得愧對妻子。但她這番話卻不可思議地滲入我的內心。我直率地想過——「或許我也對不起這個女人亦未可知。」至今我仍覺得這個女人懷有溫柔的心。

又

我對金錢看得很冷淡。當然那是因為糊口度日還不成問題。

又

我對於父母孝順，那是因為他們都已年邁。

又

對於兩、三位摯友，我即便沒說實話，也未曾撒過謊。因為他們也不曾對我有半句虛言。

人生

即使革命接踵而至，就算除去「被選擇的少數」，我們的生活想必還是前途暗澹。況且這所謂「被選擇的少數」不外乎「傻瓜與惡棍」。

民眾

不管是莎士比亞也好、歌德也好、李太白或是近松門左衛門，恐怕都要滅亡了。但藝術必然在民眾心中留下種子。我在大正十二年寫過：「寧為玉碎，不為瓦全。」此一信念至今未曾動搖。

又

聽這鼓槌敲下的節奏。只要這節奏尚存，藝術就永遠不會消滅。（昭和改元的第一天）

又

我失敗了，這點自不待言。但創造出我的造物者必能創造出另一個我。區區一

棵樹枯萎了何足掛齒。只要廣袤的大地存在，還會有無數的種子孕育其間，等待萌芽的新生。（同上）

某夜的感想

睡眠比死亡令人感到愉快。至少無疑是容易得多。（昭和改元的第二天）

「侏儒的話」補輯

神祕主義

神祕主義並不會因為文明而衰退，毋寧說文明卻會因為神祕主義獲得了長足的進步。

古代人相信我們人類共同的祖先是亞當，這意味著他們對於《聖經》上所記載《創世紀》深信不疑。現代人就連中學生都相信人類的祖先是猿猴，這意味著他們都相信達爾文的著作《物種起源》。換言之，在相信書籍方面，古今並無多大差別。不過，古代人至少都還有讀過《創世紀》，但現代人除了少數的專家之外，根本沒讀過達爾文的著作，還恬然地相信其說法。把猿猴當成人類祖先的這種信念，並不會比耶和華吹氣的塵土——即以亞當作為人類祖先更加光彩。然而現代人對此都深信不疑。

不光是進化論，即使地球是圓的這點，真正知道箇中奧妙的人也是寥寥可數。大多數的人只是人云亦云，不分青紅皂白就接受了地球是圓的這樣的觀念。若問為什麼是圓的，則上至總理大臣下至公司裡的小職員，事實上都無法說出個所以然來。

再舉一個例子，現代人已不像古代人那樣，相信有幽靈的存在。然而撞見幽靈的說法，至今仍舊時有所聞。那麼，為什麼還是不予置信呢？因為看見幽靈的人為迷信所俘虜。何以為迷信所俘虜？因為他們撞見了幽靈。不用說，現代人這種論法不外乎是循環論法。

何況更為複雜的問題完全立足於這種信念上。我們將理性置若罔聞。而僅僅對於超越理性的某物洗耳恭聽。所謂某物究竟是何物？就連名稱也無以覓得。若是強加命名，僅能以薔薇、魚、蠟燭之類的象徵手法。例如稱之為我們的帽子亦可。我們就像是不戴有羽毛的帽子而戴軟呢帽或禮帽一般，相信人類的祖先是猿猴。相信幽靈乃屬子虛烏有，也相信地球是圓的。如果還有人認為是騙人的，不妨想想愛因斯坦博士或是其相對性理論在日本受到如此歡迎的情形好了。那可是神祕主義的慶典啊。不可解的莊嚴儀式啊。至於為何如此狂熱，恐怕連改造社的社長亦渾然不知。

這麼一來，偉大的神祕主義者就不是斯威登堡[1]或者貝梅[2]。而是我們這些文明之子民。並且，我們的信念也像三越百貨的櫥窗一樣。支配我們信念的往往是難以捉摸的流行。或是近似神旨的好惡。事際上，西施和龍陽君的祖先也是猿猴此一想法並未給予我們些許安慰。

某自警團員的話

好啦，該去自警團上班了。今夜星星也在樹梢上閃著涼光。微風徐徐吹來正是時候。就躺在這張籐製的長椅上小歇，點上一根馬尼拉雪茄，悠悠哉哉徹夜值班好了。口渴的時候喝上一口水壺裡的威士忌，所幸衣服口袋裡還有巧克力棒足以解饞。

聽吶，夜鳥在高高的樹梢上嘰嘰喳喳。鳥兒大概不知道這次大地震給人們帶來了多大的災難。而我們人類正在品嘗失去一切食衣住行便利的苦痛。不，何止食衣住行，連一杯檸檬汽水都喝不到是要忍受多少不自由的折磨。人類這二足獸是多麼窩囊的動物啊！當我們失去文明的最終，猶如風中殘燭般守護著垂危的生命。看吶，鳥兒已靜靜入眠，不知道蓋上羽毛被和枕頭的鳥兒！

鳥兒已靜靜入眠，夢境或許比我們更安適。鳥僅活在此時此刻，而我們人類卻不得不活在過去與未來。這意味著必得承受悔恨與憂慮之苦痛。尤其是發生了這麼大的地震之後不知將帶給我們的未來多大的寂寥黑暗。

東京被燒毀的我們一邊忍受著今日饑餓之苦，同時還苦於明日的饑餓。鳥兒很幸運地並不知曉這般苦痛，不，不限於鳥兒。而知曉三世的苦痛者盡是我們這些凡夫俗子。

據聞小泉八雲曾說，與其當人不如當蝴蝶。蝴蝶——如此說來，且看那地上爬的螻蟻，假如幸福意味著苦痛減少，那螻蟻應當比我們要來得幸福許多。可是我們

---

1 斯威登堡（Emanuel Swedenborg，一六八八—一七七二），瑞典神祕學家。

2 貝梅（Jakob Böhme，一五七五—一六二四），德國神祕學家。

也有螻蟻所不知曉的快樂，螻蟻也許不會有因破產或失戀而自殺的困擾，但也不可能和我們同樣擁有快樂的希望不是嗎？我還記得曾憐憫過月明之夜洛陽舊城裡，連李太白詩一行也不識的無數蟻群！

可是叔本華……算了，不想談哲學。反正有一點是確定的，我們其實和那些螻蟻沒什麼兩樣。確立了這點，我們就應該更珍惜人類特有感情的全部。大自然只是冷眼旁觀我們的苦痛。我們必須相互憐憫。況且喜愛殺戮——尤其是絞殺對手比起語驚四座要來得輕省許多。

我們必須相互憐憫。叔本華的厭世觀給予我們的啟示不也在此嗎？

是夜似已過了十二點。星星猶原在頭頂上涼光熠熠。好了，你喝一口威士忌吧，讓我躺在這長椅上嚼一根巧克力棒吧。

若楓

哪怕是用手扶著樹幹，若楓都會使樹梢簇生的嫩葉像神經一樣敏感地顫抖著。

植物這東西實在令人毛骨悚慄！

蟾蜍

最美的石竹色，確實是蟾蜍舌頭的顏色。

烏鴉

在某個雪晴的薄暮，我看見停駐在隔壁屋頂上的深藍色烏鴉。

致舊友手記

至今還未有一名自殺者將其自身的心路歷程忠實地描寫出來。大抵是基於自殺者的自尊心使然，又或是他們對於自己的心理狀態並沒有抱持多大的興趣吧。我打算在寄給你的最後這封信裡面，將我渴望尋死的心理如實地傳達給你，儘管我大可不必向你交代為何自殺的理由。法國小說家亨利．列尼葉[1]曾在他的短篇作品中描寫過一名自殺者，甚至連短篇的主角本身也不大清楚自己為何要自殺。打開報紙，你會從社會版上的新聞發現各式各樣自殺的動機，像是生活很艱難，深受疾病折磨，或是精神上的苦痛。可是，以我的經驗看來，那並非動機的全部，它僅僅只是大致呈顯出通往真正的動機必經的過程罷了。自殺者大多都像列尼葉筆下所描寫的那樣，壓根兒弄不清楚自己究竟為何要自殺吧。跟我們平常所做出的行為很類似，背後往往隱含著複雜的動機。但至少現在的我，確切地感到某種恍惚的不安，對於我的將來也是懷抱著這種恍惚的不安。你大概無法相信我所說的話吧。依我過去十年來的經驗，除非周遭的朋友有跟我類似的遭遇，要不然我的話語就如同風中之歌瞬時消散，倘若真是如此，我也怨不得你吧……

這兩年之間，我一心只想到死。最近這段日子我很仔細讀了麥蘭德的著作。他的確是用抽象的語言巧妙地描寫通向死亡的道路。但，我想描寫的是更具體的狀況。至於對自殺者家屬所抱持的同情，在一心想自殺的欲望面前根本無足輕重。關於這點，又不得不送你一句殘酷的話。要是你真覺得這種做法很沒人性，那我也確實存在著冷血無情的一面吧。

我有義務將所知道的一切誠實地寫下來。（我也曾對於自己的將來所懷抱恍惚的不安加以解剖。這些我以為在〈某傻子的一生〉已經大致都寫完了。只不過在那篇作品當中，我刻意沒有把社會條件——即封建時代在我身上的投影寫出來。為什

---

1 亨利．列尼葉（Henri de Régnier，一八六四—一九三六），法國詩人、小說家。

麼刻意不寫呢？因為直到今日我們仍舊活在封建時代的陰影之中。除了作品的舞台之外，它的背景、照明以及登場人物——我想寫的，大抵上都是我的所作所為。不僅如此，諸如此類的社會條件，對於生活在這樣的社會條件下的我們自身能否看得清晰分明，不由得令人感到懷疑。）——首先我想到的是要怎麼死才不會痛苦。為了達到此目的，上吊毋寧是最合適的手段。可是，我只要想像自己上吊自殺的模樣，就會感到一種嫌惡，太過於醜陋了。（我記得曾愛上一個女人，卻因為她的文字過於拙劣，突然失去了對她的熱情。）投河溺死或許是個好辦法，但我是會游泳的，要達到目的不容易。不僅如此，要是萬一成功了，肯定比上吊自殺痛苦多了。臥軌自殺也同樣違背我的美學，而不得不予以厭棄。如果用手槍或刀子自殺，很可能因為我的手抖個不停而宣告失敗。從高樓上縱身躍下的死法，光用想像就覺得慘不忍睹。考慮到上述這些理由，我決定服藥自殺。服藥自殺應該會比上吊自殺來得痛苦吧。不過，與上吊自殺相較之下，服藥自殺不但比較符合我的美學，不會醜陋到破壞自己美好的形象，而且還有難以救治的優點。但是要拿到藥物對我來說並不容易，因此在我決心要自殺後，一方面想方設法希望能拿到所需的藥物，另一方面也同時在學習毒物學的知識。

接下來我考慮的是自殺的場所。我的家人在我死後，必須得靠我的遺產過日子，而我的遺產只有百坪土地和房子、我的著作權和存款二千日圓而已。一想到自殺之後我的房子會賣不出去，我便感到十分苦惱，此刻我不禁為著另外擁有一棟別墅的布爾喬亞們感到羨慕不已。你也許會覺得我說的這些瘋話很好笑吧，我也覺得我現在說的話非常可笑。不過，在認真考察自殺地點這些現實的條件因素，它的確造成了我的不便，這些不便終究還是無法迴避。如今我只能期望，在我自殺之後，除了家族以外，盡可能不要讓別人發現我的屍體。

即便我已決定好自殺的手段，仍有一半的執著想繼續活著。因為面對死亡，我需要一個跳板。（我不像西方人所信奉的那樣，把自殺看作是罪惡。連佛陀也曾在《阿含經》肯定祂弟子的自殺。對於佛陀的這種肯定，如果是強詞奪理、譁眾取寵之徒，肯定也會解釋成是「情非得已」才會導致如此結果。若以第三者的角度來看，應該也有比「情非得已」更不尋常，更悲慘而不得不的死法。無論任何人，都是在他自身感到「逼不得已」的情況下才會自殺。若是有人在這種情況下毅然決然地自殺，倒不如說他是具有勇氣的。）通往死亡的道路上扮演跳板的怎麼說都應該是女人。德國浪漫派作家克萊斯特[2]在他自殺之前曾數次勸誘他的朋友（男性）共赴黃泉，另外拉辛[3]和莫里哀[4]也曾企圖和布瓦洛[5]一起去跳塞納河自殺。很不幸地我並沒有這樣的朋友。只有一位我認識的女人願意跟我一起殉情。但因為我們之間發生了些問題，原本商量好要一起自殺的計畫也告吹了。接下來這段日子，我獲得了一種不需要跳板就能從容赴死的自信。這種自信倒不是因為找不到人陪的絕望造成的結果。應該說是在思考過程中逐漸變得感傷的我，面臨生離死別之際，不想給妻子帶來一些無謂的困擾。再說一個人死總比兩個人一起死來得容易。一個人想要自殺的話，只要下定決心隨時都可以死，這點倒是滿方便的。

最後，我還要處心積慮想出如何能夠巧妙地自殺而不被家人發現的辦法。關於這點，在準備了數個月之後，總算有了能突破萬難的自信。（細節部分，為了避免給幫忙我的人添麻煩，在此不便寫得太詳細。即便寫出來，在法律上也不會構成幫助自殺罪。（再沒有比這更滑稽可笑的罪名了。如果這樣也有罪的話，不曉得罪犯人數又會增加多少？那些幫助我的藥局、槍炮店、理髮店就算到時候嘴裡說「不知情」，難免也會遭受懷疑，我們人類的語言和表情，總會反映出內心的想法和意志，只要是心裡所想的，往往都藏不住。不僅如此，社會與法律本身也有幫助自殺罪成立的案例，這些被定罪的人內心不知有多溫柔善良呀。」）在我冷靜地做好各種自殺的準備之後，如今我已經沉浸在與死神的遊戲之中。接下來我的心情應該會接近麥德蘭所描述的語言。

我們人類不過是披著人皮的獸，因此都具有動物性的本能害怕死亡，所謂的生活能力說穿了不過是動物本能的另一種說法，而我也只是其中一隻披著人皮的獸。看到我連食色也厭倦，代表著屬於動物的部分已然逐漸消失了吧。如今我賴以生存的，是宛如冰一般透明澄澈、病態般神經敏感的世界。昨晚我和一名娼婦聊起她的工資時，愈來愈覺得「為求生存而苟活」實在是人的悲哀，若能滿足於永久的沉

---

2 海因利希・凡・克萊斯特（Heinrich von Kleist，一七七七—一八一一），德國詩人、劇作家。

3 讓・拉辛（Jean Racine，一六三九—一六九九），法國劇作家。

4 莫里哀（Molière，一六二二—一六七三），法國劇作家、演員。

5 尼可拉・布瓦洛（Nicolas Boileau，一六三六—一七一一），法國詩人、作家、文藝批評家。

睡，對我們來說又何嘗不是種和平與幸福。我對於自己究竟要等到何時才會下決心自殺抱持疑問。只能說自然對我而言比從前更加美麗了。愛著自然的美卻意圖自殺，你應該覺得我的矛盾很可笑吧。但我還是得說，當自然之美映照在我這垂死之人的眼中，我比別人看得更深，愛得更重，又理解得相當透徹。在這過程之中我不知累積了多少苦痛，也多少獲得了些滿足。但願你在我死後幾年之內不要公開這封信。最後搞不好我並非自殺死，而是病死，這種事誰也料不準。

附記：我讀恩培多克勒[6]的傳記時，發現人想要變成神的欲望是從遠古時代就開始了。我的手札在我所知的範圍內，是不存在有想變成神的意念。不，應該這麼說，我認為自己是個凡人，還記得吧，二十年前我和你在那棵菩提樹下，一起暢談「埃特納火山的恩培多克勒」的情景，在那個時代，我曾想過變成神的其中一位。

（遺稿）

6 恩培多克勒（Empedocles），古希臘哲學家。

侏儒的話

作　　者　芥川龍之介
譯　　者　銀色快手
主　　編　呂佳昀

總 編 輯　李映慧
執 行 長　陳旭華（steve@bookrep.com.tw）

出　　版　大牌出版 / 遠足文化事業股份有限公司
發　　行　遠足文化事業股份有限公司（讀書共和國出版集團）
地　　址　23141 新北市新店區民權路 108-2 號 9 樓
電　　話　+886-2-2218-1417
郵撥帳號　19504465 遠足文化事業股份有限公司

封面設計　莊謹銘
排　　版　新鑫電腦排版工作室
印　　製　成陽印刷股份有限公司
法律顧問　華洋法律事務所 蘇文生律師

定　　價　450 元
初　　版　2019 年 1 月
三　　版　2024 年 5 月

電子書 E-ISBN
9786267378847（EPUB）
9786267378830（PDF）

國家圖書館出版品預行編目資料

侏儒的話 / 芥川龍之介 著 ; 銀色快手 譯 . -- 三版 . -- 新北市 :
大牌出版 : 遠足文化發行 , 2024.05
384 面 ; 14.8×21 公分

ISBN 978-626-7378-88-5 (平裝)

861.67　　113004704